你的選擇是？

妖怪禁區 出入注意！

二木人 著

卡文 繪

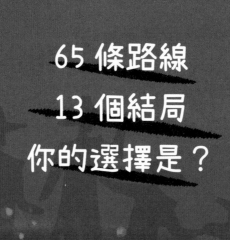

65 條路線
13 個結局
你的選擇是？

女子精神病房奇觀

作者：姜紫藍
編輯：林　靜
封面設計：燒
內文插圖：Yinchinnng
特別鳴謝：Nancy Yung

出　　版：　　紅出版（青森文化）
　　　　　　　地址：香港灣仔道 133 號卓凌中心 11 樓
　　　　　　　出版計劃查詢電話：(852) 2540 7517
　　　　　　　電郵：editor@red-publish.com
　　　　　　　網址：http://www.red-publish.com

香港總經銷：聯合新零售 (香港) 有限公司

台灣總經銷：　貿騰發賣股份有限公司
　　　　　　　新北市中和區立德街 136 號 6 樓
　　　　　　　(886) 2-8227-5988
　　　　　　　http://www.namode.com
出版日期：　　2024 年 7 月
圖書分類：　　流行讀物／精神健康
Ｉ Ｓ Ｂ Ｎ：　　978-988-8868-58-2
定　　價：　　港幣 100 元正／新台幣 400 元正

你收到一則來自妖怪禁區的訊息：

> 警告！
> 不要按照頁數順序閱讀！
> 不要心急偷看其他頁數！
> 請小心選擇！

　　這不是一個「正常」的故事，因為你就是主角，一切劇情就發生在你身上。這個故事有多重分支，你將會遇上無數選項和難題，每一個選擇的背後都會帶來轉變，也會左右你對故事的理解，你需要好好決定下一步該怎麼辦！

　　本書每一章第一頁的左上角都有一個白色號碼，請從有號碼的那一頁開始閱讀，當你讀到結尾時，它會告訴你接着應該讀哪一章。有時，故事會需要你自己做選擇，當你選好如何行動後，請按照你那個決定後面的號碼翻到那一章。例如：這時你遇見一隻妖怪，我應該跟牠問好？ 11 還是逃跑呢？ 12 如果你決定跟牠問好，便翻到第 11 章；如果你選擇逃跑，便翻到第 12 章。

　　故事共有 13 個結局，勇敢的人類，請闖出屬於你自己的世界。

　　現在，請小心你的背後，然後跟着 翻到下一頁。

1

「噹噹噹噹——」放學的鈴聲終於響起。我在課堂上就整理好書包，歸心似箭地跑出課室。

我的好朋友雪子在後方追着：「等等我……」不過，我只拋下一句「我先回去！」就跑出校門。

我很快就來到從後山流下來的小河，這條小河將學校和我住的社區分隔開。我跑到橋上，然後停下來喘了口氣。夕陽照在身上，我回過頭看，下沉中的太陽正好掛在山頂旁，把整個山脊照亮得像把發光的刀，通往後山的大片竹林正在隨風飄舞，我的心情也變得愉悅。

我從書包裏拿出今天派發的數學測驗卷，老師在測驗卷上用紅筆寫了 75/100，也貼上了「繼續努力」的貼紙，我要趕快讓媽媽看到我努力的成果！我想讓她知道，我真的長大了，不用再替我擔心。

「媽媽能陪你的時間已經不多，你要努力讀書。
媽媽也許沒有太多時間擔心你……」

三個月前，媽媽躺在病牀上和我説的話還是歷
歷在目。我過了橋後就快步走回家，幻想着媽媽看
到我成績時的表情。

咦！為什麼晾衣架空蕩蕩的？媽媽雖然生病了，
但仍然堅持每天在我上學後晾曬衣服啊！

「媽！媽！我回來了！」我打開家門，家裏卻
了無生氣，漆黑一片。媽媽為什麼不開燈？我按了
按牆上的電燈開關，燈卻沒有亮。

「媽！媽！」我一面高叫，一面走向睡房。媽媽
沒有回答，我有點害怕，難道媽媽的病情惡化了？

我用顫抖的手打開門鎖，睡房內也沒亮燈，但睡牀上沒有人，只有凌亂的被子，媽媽去了哪裏？

　　「有人嗎？」門外傳來聲音，原來是住在隔壁的王叔叔。自從爸爸走後，當郵差的他就經常來我家吃飯。

　　「王叔叔！王叔叔！你有見過──」刺眼的強光打斷了我要説的話，王叔叔隨着我的喊叫聲走了進來，又用手電筒照着我。

　　「電力供應又故障了，我過來看看呢。你媽媽在哪裏？」王叔叔的話還未説完，家裏的燈全都亮了起來，廁所也傳來老舊抽氣扇重新運作的吱吱聲。

　　王叔叔知道媽媽不見了後，和我一起在社區到處尋找，可是沒有人見過媽媽的蹤影。王叔叔帶我到警署報案，之後就送我回家。

我躺在沙發上，盯着門，我希望下一刻大門會被打開，然後媽媽一定會帶着燦爛的笑容說：「我覺得身體好了點，打算去超市買菜，但我迷了路……」

媽媽到底去了哪裏？警察都認為媽媽不會再回來，鄰居也討論着要把我送到兒童之家。但我有信心，甚至是預感，媽媽一定會回來！我一定能夠找到媽媽！

───────○●○───────

電話好像曾經響過，也彷彿有人敲過門，但我一直迷迷糊糊的。不知過了多久，門外傳來流浪狗彈彈波的吠叫聲，把我吵醒了。

我和媽媽到垃圾站丟垃圾的時候，總會看到黃白色毛的彈彈波向着我們蹦跳過來，我們就會把吃剩的飯菜餵給牠。是不是因為媽媽不見了，彈彈波在垃圾

站等不到食物，所以來社區找我呢？

「走吧！今天我沒有東西給你吃！我媽媽不見了！」但彈彈波似乎沒聽見，還在不停吠叫。我憤怒地打開門，想趕走彈彈波，不過牠見到我後，立刻乖巧地坐了下來，大尾巴搖個不停。看着平日毛髮雜亂的彈彈波，今天黃白色的毛髮居然乾淨整齊，還咧嘴對我笑，我的心情也微微平復下來。

我走出門外，彈彈波就咬起地上的一支晾衣杆，邊跳邊跑地走到我身邊，「汪！」對我叫了一聲，然後咬着我的褲管，似乎想帶我到什麼地方。

「你是不是知道我媽媽在哪裏？」傷心的我覺得彈彈波對我點了點頭。「好！那你快點帶我去！」我馬上想跟着走，卻被人拍了拍後背。

我轉過頭，穿着校服的雪子帶着關懷的臉色看

着我：「你在和誰説話呢？你還好嗎？」

「我在和垃圾站的流浪狗——」我回過頭，想指一指身後的彈彈波，卻看不見彈彈波的蹤影了。

雪子卻説沒看到狗，我深信是我的身體遮擋了她的視線，然後我們就吵起架來。這時王叔叔剛好回家，阻止了我們繼續吵下去。王叔叔送了我一袋麵包，就帶雪子離去了。

「怎麼他們都聽不進我的話！」氣憤的我獨坐在沙發上自言自語。「要不是雪子阻止，彈彈波早已帶我去找媽媽了！我要到垃圾站找彈彈波！」

想到就去做，是媽媽經常掛在嘴邊的説話。我拿起書包，把習作倒在桌子上，再放入水壺、王叔叔送我的麵包、媽媽每天要吃的藥、我的日記本、手電筒，最後把測驗卷放進去，就匆匆出發了。

從家前往垃圾站，有兩條路可以走。

第一條路是沿着大路離開社區，再走一段馬路就會到垃圾站。我每天都會和媽媽一起丟垃圾，所以我很熟悉這條路。雖然沿路有街燈照明，但最近這星期，街燈經常發生故障。加上走這條路會經過鄰居家，如果我被看見獨自外出，他們一定會把我抓回去，送到兒童之家。2

另一條是小路。穿過竹林後，就可以離開社區，再前去垃圾站。媽媽還沒生病前，放學時我會和雪子走這條路，但我也沒試過在晚上走進去。小路沒有街燈，竹枝也十分茂密，從入口看進去是一片漆黑。不過晚上那裏人煙稀少，我也不必擔心被人發現。我帶了手電筒，所以不用怕黑。3

不知為何，內心有種奇異的感覺，
這個決定會對我影響深遠。

2

街燈又壞了，沒有一盞亮着。在月光映照下，我的影子長長躺在地上。幸好鄰居還沒睡覺，從窗口透射出來的燈光，足以讓我在沒有街燈的情況下，向着垃圾站的方向前去。我害怕被鄰居發現我獨自離家，因此小心翼翼地走着。

鄰居家不時傳來歡笑聲、談話聲、電視聲，我好像也聽到媽媽的笑聲了。昨天早上，我為媽媽煮好早餐後就準備上學。她的精神很好，臉色有點微紅，倚着門邊向着我揮手，還說晚上會準備我最喜歡吃的熱香餅當甜點。

「唉……」想到這裏，我停了下來，抬頭看到微笑的彎月，眼淚不自覺地流了出來。

「呱！」奇怪的聲音突然從身後響起！我不禁起了雞皮疙瘩。我緩慢地轉過頭看，但是除了黑暗，

什麼都沒有！也許……是心理作用呢？

我決定繼續前行，但身後又傳來一陣聲音！「呱！」我又轉了轉頭，用眼尾看了看，一個黑影馬上躲到壞掉的街燈後面。

「雪子！是你嗎？你跟着我做什麼？」我轉身走向電燈柱，打算把雪子抽出來。但燈柱後面什麼也沒有。四周似乎只有我一個。我只好自圓其說，「是我疑心生暗鬼吧。」

我謹慎地繼續往前走，離開了社區後，還要走一條長馬路，才可以到垃圾站。我拖着身子慢慢地走着，但我忽然回過神來──有人在看我！

一個高佻的身影倚在不遠處的燈柱旁。在月光之下，我眯起雙眼，卻看不到他的樣貌，但我感覺到他臉上掛着一抹怪異的微笑，正緊緊盯着我。

我吞了吞口水，停了下來。他可能看到我沒有繼續前進，筆直的手緩緩舉起，向我招着手，似是叫我走到他身邊。

我有點猶豫，這個人是誰？我應該走過去嗎？

「呱！」身後再次出現怪聲音。我轉過頭去看，仍是什麼都沒有！我回過頭來，看到那個怪人向前移近了一條燈柱！他的姿勢沒有改變，連招手的節奏都一模一樣，彷彿在我轉頭的剎那就瞬間移動了！

「呱！」怪聲愈來愈近，我甚至感到有東西逼近我了！我也忍不住用眼尾向後瞄，什麼都沒有！誰知，當我再回過頭來，怪人已經移到離我不過十步左右的距離！

我害怕得不由自主地發抖，雙手緊緊握着拳頭。

「啪！」我的肩膀上多出了一隻手，我猛地轉過

頭去，原來是雪子！她問我：「這麼晚了，你在做什麼？」下午我和她吵了一架，現在又被她嚇到，我於是帶着怒氣反問她：「剛才是你在我身後嗎？」

雪子好像有點尷尬，臉紅了起來，「我知道你的媽媽失蹤了，你現在一定很難過。姨姨……平日對我也很好，剛才我在窗邊看着……看着月亮，祈求姨姨平安。然後我看到你一個人……在街上走着，我有點擔心，所以就爬窗出來，一直跟在你後面。剛剛你……」

我聽着雪子的話，也不時回頭看看燈柱，但那個怪人竟然不見了！

我有點緊張，忍不住打斷了雪子的話，「你……你有看到剛剛倚在燈柱旁的人嗎？他消失了！」雪子臉上露出擔心的神色，搖了搖頭，「沒有人……」

「汪！汪！」彈彈波的吠叫聲從垃圾站的方向傳來。我沒有時間質疑雪子是否近視了，轉頭就向着狗吠聲跑去。

雪子也跟着我跑了起來，「你……你又往哪裏去？等等我！」

我邊跑邊回頭對雪子説：「我在找彈彈波！你聽！牠在叫我！」

雪子氣急敗壞地回答，「我什麼都沒聽到呀！你別嚇我！」怎麼雪子不但眼睛近視了，連耳朵也聽不見了？

我擔心彈彈波再次離我而去，連忙隨着狗吠聲往垃圾站的方向奔去。雪子沒我跑得快，我大叫：「在垃圾站等你！」 7

3

抬頭看着漆黑的夜空，繁星好像比以前更閃爍，從小路口看進去，今晚的竹林顯得特別陰森恐怖。

媽媽的金句及時在我腦內閃過：「決定了的事，就要做到底！不要半途而廢！」我打開手電筒，呼了口氣，就向着幽暗的竹林小路前進。

我為了壯膽，一面走一面自說自話。「哈！真沒想到黑夜的竹林是這個樣子！」「哈！竹林其實也沒有比想像那麼黑暗，我一點也不怕呀！」

「嘿！」身後傳來一個低沉的聲音，我回過頭用手電筒照了照，但是什麼都沒有。是我聽錯了嗎？

「嘿！嘿！」聲音又再傳來，一陣心慌的感覺突然籠罩着我，我高聲問，「有人嗎？是誰？」但竹林只以風聲和葉子的磨擦聲回應了我。

我有點慌張，連忙三步併成兩步地跑起來，身

上的衣服都被汗水濕透。我又鼓起勇氣，回過頭再瞄了一眼，根本什麼都沒有呀。我不禁為自己的膽小而傻笑起來。

我擦了擦額頭上的汗，便繼續前進。但是我心裏泛起了疑惑：我以前經常和雪子走這條路，竹林小路才沒有這麼長吧！

心急的我又開始快步向前，終於前方透出微光，我連忙再跑了幾步，卻看到一條分岔路，我從來沒有看過竹林小路有岔路！

我站在分岔口眺望，兩條路的盡頭都有一束光線。左邊是垃圾站射來的光線，我要到那裏找彈彈波！ 7

右邊的光線柔和、起伏不定，也不像是手電筒發出的，我要走這邊嗎？ 9

19

4

　　我抬頭望向月亮，看清方位後便急速往居酒屋的方向走去。

　　起初我還不時看着天空，知道自己正在向西南方前進。走着走着，樹木愈來愈高，愈來愈茂密，鋒利的樹葉和樹枝不時擦破我的皮膚。在黑夜走進叢林裏，似乎不是理智的決定。

　　當我想往回走的時候，才發現自己已經迷失在樹海之中。我還天真地以為只要跟着月亮，就能找到正確的路，但是這裏的樹木十分高大，擋住了天空和月亮。我以為很容易的事，原來並不簡單。

　　此時空氣變得沉重，不遠處傳來雷聲，我開始喘不過氣來。為什麼後山會變成不見天日的惡林？

　　天氣瞬間變差，雨嘩啦嘩啦地下，很快就全身都濕透了。我感到很狼狽，開始慌不擇路。

　　在叢林中，我抱着頭向前跑，雙臂不斷被樹枝雜草劃出傷痕，血液從傷口冒出來，落在地上。

　　雨水模糊了我的視線，稍不留神，我被地下的樹根絆了一絆，就滾下山坡。 **20**

5

　　我默默地跟着怪紳士走。他向前走，我就跟在他身後行去。他停下來，我也跟着他不動。有時當怪紳士發現我沒有跟上，他又會在原地等我。

　　我們就這樣邊停邊走，然後一間裝潢亮麗的木屋就出現在眼前。怪紳士停在一棵粗壯的大樹後。

　　「難道這裏就是我媽媽被困的地方嗎？」我心急如焚地向屋子走去，一路緘默的怪紳士這時卻伸手阻止。

　　我們站在樹後看着屋子，木屋傳來的香味異常誘人，肚子咕嚕咕嚕地叫起來，我於是從背包拿出王叔叔給的麵包吃下。麵包吃下去卻毫無味道，更令我感到肚子變得空洞洞的。我一直在吃，手上的麵包只剩下一小片的時候，我才想起怪紳士也應該餓了，便不好意思地問他：「**你要吃嗎？**」

被紳士帽遮蓋着樣子的怪紳士沒有回頭，只是一直盯着那發出香氣的小屋。

木屋的門突然被打開，一個全身紅色皮膚的巨形妖怪就從細小的門擠出來！牠身形龐大卻居然沒有把門撐爆！

這妖怪身如樹高，頭上長着兩隻金黃色角，下顎有兩顆獠牙，看起來十分可怖，牠説話的嗓門很大：「你這個壞透了的黑巫婆！如果這次還拿我來試藥，我一定把你的頭扭下來當蹴鞠踢！」

聽見「**黑巫婆**」這個關鍵詞，我的心臟立刻撲通撲通地跳個不停，連忙更集中精神地聽着牠們的談話。

一把難聽的女聲説着：「上次是大人您沒提及女兒有一半人類血統，所以才失敗了呢。」

妖怪聽完後哼了一聲，大步大步地就往叢林的另一個方向走了。我還以為妖怪龐大的身體會把樹木撞倒，不過牠就像身處在第二個空間一樣，徑直地穿越了樹木，轉眼就消失在黑暗之中。

　　眼前的小屋應該就是黑巫婆的家了，我不禁雀躍起來。不過，怪紳士沒有動，我也不敢動。又多等了一會，我看見黑巫婆佝僂的身影從屋裏走出來，她用那難聽的聲音，唱着古怪的歌，「**快來快來吃甜點，馬上馬上變青蛙！**」

　　隨着歌聲，黑巫婆背着我們，把一件全是七彩羽毛的華麗長袍披到身上。

　　要不是我親眼見到，我也不敢相信這奇異的情景！本來鷹鈎鼻、駝着背的黑巫婆，披上了長袍後，馬上變成一個女孩子，連歌聲都變得甜美起來！

怎麼她的聲音那麼令人熟悉？黑巫婆轉過身來，我連忙用手揉了揉眼睛——是雪子！

　　黑巫婆怎麼會變成雪子？難道雪子就是黑巫婆？她正在走入樹林，我要跟上去問個明白！

　　怪紳士卻伸手阻止了我。我還隱約聽到雪子的歌聲，所以便壓低了聲線，指了指雪子消失的方向，「那是我的好朋友！我要去救她！」

　　怪紳士沒有收回他的手。

　　我不能不管雪子。我要追上去！25

　　怪紳士阻止我，一定有他的道理。我相信他，我不要追！51

　　我鼓起勇氣探頭去看，怪紳士一動不動的，但他身後有一條熟悉的黃色尾巴正在左搖右擺！

　　當我正感到疑惑的時候，彈彈波從怪紳士身後撲出來。牠把口中咬着的小東西放到我手中，然後啃咬着我的褲管，硬把我拉走。

　　我一面跑一面回頭看那怪紳士，他還是一動不動的。

　　我一口氣跑下四百多級樓梯，回到了環山徑，才有空看看彈彈波給我的東西。

　　那是一塊靛藍色的鱗片。我還沒來得及思考這是什麼，彈彈波又狂吠起來，我抬起頭看，前方站了一個穿着白衣短褲的人。那應該是個晚上摸黑行山的行人？

　　彈彈波的毛髮豎了起來，「**快！快！快跑！**」

牠竟然説起人話！

我呆住了。

「**快跟我跑！**」彈彈波匆匆地跑上了樓梯。

我還在震驚的時候，彈彈波的聲音似乎吸引到那個人，他轉過身向我緩慢地走過來。

藉着夜色，我看到那人的皮膚是青綠色的。再走近些的時候，他頭上兩隻金黃色的角和嘴邊突出的獠牙更加清晰可見。雖然他明顯不是人，但我嗅到空氣中他親切、充滿暖意的氣息。

彈彈波回來咬住了我的褲管，使勁的拉着我走。

我不知道這個彈彈波是人還是狗，我應該跟着牠走嗎？ **12**

還是我應該向感覺善良的「青皮人」求助？ **35**

7

今晚的垃圾站十分冷清，彈彈波不在垃圾站，連平日會在這裏聚集的流浪狗和野豬都不見了。

我高聲呼喊：「彈彈波，你去哪裏了？你不是要帶我找媽媽嗎？」但是，吠叫聲沒有響起來。

深深不忿的我在垃圾站一直等待着彈彈波，但是只等到垃圾傳來的臭氣。直至黎明時分，天色發白，彈彈波也沒有再出現。

或許牠回家等我了？

———————◆—○—◆———————

在垃圾站守候了一整晚，我洗了個澡就上牀睡去。剛入睡沒多久，一陣拍門聲便吵醒了我，雪子的爸爸和王叔叔着急地問：「你最後一次見到雪子是什麼時候？在哪裏？」我還有點睡眼惺忪，所以只是敷衍回答了幾句。

　　既然被吵醒，我還是去上學吧。如果媽媽知道我昨日沒有上學，一定會很失望。

　　回到學校，同學都在討論從不請假的雪子居然曠課了，我想起今早雪子爸爸和王叔叔的話，好不容易等到放學，就以最快的速度急奔回家。

　　在家門前，警察和王叔叔神色凝重地交談着。我趁他們沒留意，便偷偷繞到屋子的後方偷聽。他們說雪子昨晚偷偷爬窗出去，到現在都沒回家。他們還說我的媽媽失了蹤，很大機會不會再回來了，而我昨日更是曠課，所以想把我帶到兒童之家找人看管。

　　不行！我不能去兒童之家！我一定能夠找回媽媽和雪子！

　　我嚇得不敢逗留，於是悄悄跑到公園，躲在公

園的滑梯頂上。心情低落的我，呆呆地看着夕陽最後的餘暉灑落在後山。

突然，彈彈波不知從哪裏跑到滑梯下，牠終於出現了！我們四目交投，牠向我點了點頭，我感應到牠要帶我找媽媽和雪子，所以我也點了點頭作回應。

彈彈波轉身跑了幾步，然後回頭看了看我。我當然要跟着他走，走着走着，我們經過了烏龜池，這時我才發現，這路竟然是通往後山的。

彈彈波把我帶到了離烏龜池不遠的叢林，這裏竟然有一間日式風格的居酒屋。

「後山怎會有一間居酒屋？我從來也沒聽過！」當我回過頭去看的時候，彈彈波又不見了！這時我聽到居酒屋內很熱鬧，就好奇地從窗框探頭看進去。

所有顧客的頭上，都戴着一頂紳士帽！他們都穿着一式一樣的黑色長袍！

這些怪紳士的樣子太奇怪了！

這間開在後山的居酒屋也太詭異了！

我不敢作聲，也不知怎辦，於是躡手躡腳走到居酒屋的後方，那裏有些木桶，我想偷偷地躲着，再看個究竟。

看着看着，地上的一件物件勾起了我的好奇心。我拾起來，藉居酒屋透出來的光線仔細查看，那是一條綁馬尾的髮帶，髮帶上有個掉了一隻眼睛的小豬公仔，這不就是去年我和媽媽一起製作給雪子的生日禮物？雪子非常珍惜這個髮帶，從來不曾弄丟！

我不禁在想：難道雪子來了這裏？她在居酒屋裏面嗎？我要不要進去找她？但是，這間怪誕的居酒屋

和那些奇異的顧客，令我感到惶恐不安，我也不太敢進去啊。那麼……我要離開嗎？但是雪子……可能真的在這裏！

在我這樣想着的時候，幾個怪紳士從店裏走了出來，我害怕被他們發現，便把身體縮成一團，不敢作聲。他們各自點頭後就向不同方向離開了。

當我以為所有怪紳士都已經離開的時候，一個怪紳士從門裏走出來，剛好與我四目交投。但他站在原地，既沒向我走過來，也沒打算離開。

過了一會，怪紳士轉身往東北方的望海山崖走去。我想了想，就決定暗中跟去。

怪紳士一身純黑色的長袍，使他融入黑暗之中。起初我怕被他發現，心裏又有點慌張，所以小心翼翼地在遠處跟着。但這人太怪異了！

我、雪子和社區的玩伴，三不五時都會到後山玩，自問我們都把整個後山玩遍了，對山上隱蔽的山路、小路、捷徑都了然於胸，但怪紳士竟然是以直線前進，樹木和雜草都阻止不了他的步伐，他若無其事地在密林中一直穿行。

我跌跌碰碰地走着，開始追不上怪紳士的速度，我怕把他跟丟，也不顧得被發現，大步地往前跑。但最後也只能看着他的身影從我的視線中消失。

我把怪紳士跟丟了！

這裏離居酒屋應該不遠，我還是回去吧。雖然身在叢林之中，不過我應該能找到回去的路。 4

不過，那怪紳士是向着望海山崖走的，還是我應該碰碰運氣，到那裏看看？ 17

妖怪禁區
出入注意！

35

8

　　粉紅色的大門自動打開，一股甜蜜的香氣撲面而來，我無法抗拒地走進屋子裏。

　　眼前是一個劈劈啪啪地燒着木柴的壁爐，牆上則掛着很多皮革背包。大廳中央放着一張可以坐數十人都不會擁擠的巨大餐桌，上面有各式各樣的美食！我的肚子咕咕地叫了起來。

　　我隨意坐上一張椅子，急不及待就想把香氣四溢的烤雞腿往嘴裏送。它看起來是剛剛出爐的，一定十分美味！

　　「**不要吃！**」雪子的聲音不知從什麼地方傳來。

　　我頓了一下，但那把溫柔又甜蜜的聲音再次響起，「你又冷又餓，這裏有很多食物，只有你沒吃過的，沒有你不想吃的！」甜美的聲線牽着我雙手，我隨手抄了一把薯條，就塞到嘴巴裏。

「**不要吃！**」雪子的聲音更加響亮，叫我把嘴裏的薯條吐了出來。

空氣突然瀰漫惡臭，我感到天旋地轉，眼前的事物變成了一片白霧。我定睛看着，哪裏還有薯條和雞腿？全部都是枯萎的黃葉和正在蠕動的百足蟲！

我感到屁股刺刺的，原來我剛才坐着的椅子變成腐爛的樹根，樹皮爬滿苔蘚！

溫暖的房子逐漸消失，雨水滴在我的身上，但是，牆上的背包彷彿正在變大？

當我還以為自己看錯的時候，那些背包卻像有生命一般，向着我撲過來！

我馬上往後退，但背包就像千斤的石頭一樣壓在我身上，使我動彈不得。被壓昏前的最後一刻，我還在想着：我被背包壓倒了！ 10

9

我內心也知道，這是一個大膽的選擇。好奇心和刺激感驅使着我向未知的道路前進。我愈來愈接近光線的來源，我的心也跳得愈來愈快。

前方傳來對話的聲音。

一個男子聲音低沉，應該年紀較大，他口氣有些嚴厲地說着：「你知道這星期是精靈吸收月光的日子吧。既然他是你的恩人，你怎麼還把他帶到這裏來？」

一把清脆的少年聲回答：「我看到他的媽媽被赤鬼搶走了！他是個好孩子，精靈會庇護他的！」

難道他們是在說我和媽媽嗎？想到這裏，我心情有點激動。

赤鬼又是誰？為什麼他要搶走我的媽媽？我一面想着，一面躡手躡腳地往前走了幾步。我很想看

看説話的人是誰，又怕被他們發現。

　　但是，這兩人似乎沒有再説話了，前方只傳來簌簌的吸啜聲。

　　「咔啦——」似乎有什麼東西斷裂了。然後，低沉的聲音不慌不忙地再次響起，「你説他的媽媽被赤鬼捉走了，是那個喜歡跟人類做朋友的赤鬼嗎？」

　　「對啊！對啊！」少年爽快地回應。「我前天如常在恩人門外等他們的食物，老遠就看到赤鬼躲在樹後偷看。」

　　「脾氣暴躁、性格衝動的赤鬼居然不是搶人，而是躲起來偷看？」男子淺淺地笑着問。

　　「那時我沒在意，因為恩人的媽媽給了些我最愛吃的豬肉。當我吃飽抬起頭，她和赤鬼都不見了！

一定是赤鬼帶走了恩人的媽媽！」說着說着，少年聲變得悶悶不樂：「我也知道赤鬼搶走的東西，是很難拿回來的。但難道我和恩人就這樣放棄嗎？恩人一定會很傷心的！老黑，怎麼辦才好啊？」

名叫「老黑」的男子一面啜飲，一面說着：「哎啊！我們每年就這幾天，可以借助山中精靈們吸收月光的方便，才可以化身成人形。赤鬼他們，卻是妖怪神靈般的存在啊！」

聽到這裏，我按捺不住，就再往前向光源走近一點。一不小心，發出了切切喞喞的聲音。

老黑警惕：「有人來了！」

我面前的光突然熄滅！ 30

妖怪禁區
出入注意！

41

「迷路的小朋友，時間到了！是時候，變成青蛙了！」一把刺耳的女聲唱着古怪的兒歌，把我從黑暗中驚醒過來。

「我是可愛誘人的——小甜品！」

我睜開眼睛，墨綠色的石牆、淡黃色的稻草地和木製的柵欄映入眼簾，我為什麼被困在監牢了？我嘗試爬起來，但我控制不了自己的四肢，我拚命想揮手、揮腳，但只是徒勞。終於，我發現自己只能夠轉動眼珠。

我想開口求救，「啊！啊！啊！」卻只能發出氣聲。

我一面聽着那五音不全的歌聲，一面躺在粗糙扎肉的地板上，心裏發慌。

歌聲戛然而止，「啊——」我看到一個傴僂的

老婆婆被一道綠光打到牆上，然後「砰」的一聲掉到地上！

　　一個渾厚的大嗓門由遠至近地傳來，聽來很兇悍，「黑巫婆！你說找到藥引子後，我就馬上趕來了！如果你這次再用死老鼠來騙我，我一定把你的頭扭轉 360 度！」不過我的頭部扭動不了，看不到那把聲音的主人。

　　本來尖銳的女聲變得柔和，「赤鬼大人，您放心！這次的藥引子是萬中無一的。我暫時還沒準備好，讓我──」

　　房間一下子變得鴉雀無聲。漆黑之中，我與一雙血紅色的眼睛接上了視線，它好像瞪了我一下？

　　然後，我昏了過去。

「太陽都照到屁股了，還賴牀？媽媽弄了你最愛吃的熱香餅！」

這是媽媽的聲音！我馬上從牀上彈了起來，我看了看四周，這裏是我的睡房！剛才發生的都是夢境吧！「媽？媽？是你嗎？」

窗外射進來的陽光照在媽媽溫柔的笑臉上，「我的小寶貝，我當然是你媽媽！快來吃熱香餅呀！」媽媽溫柔地牽着我的手，帶我來到飯廳。

看到媽媽為我端出熱騰騰、灑滿蜜糖的熱香餅後，我迅速地坐上餐桌。我肚子餓得打起鼓來，更確信剛才那些都是惡夢，「媽！我這幾天發了個惡夢，夢到你失蹤了！」

媽媽對我笑了笑：「我怎麼會失蹤呢？你作了個惡夢吧！快點吃熱香餅，這可以幫你驅走惡夢呢！」

我大口大口地吃着熱香餅，一面記掛着媽媽的病情，「你這麼早起來煮早餐，身體真的還可以嗎？」

「哎喲！你還在睡夢中嗎？媽媽的身體怎麼會有事呢？你快吃熱香餅吧，然後我再去烤多些！」

我摸了摸圓鼓鼓的肚子，正想開口說「我已經飽了」，但奇異的飢餓感忽然襲來，我竟然感到肚裏變得空空如也。

這時媽媽再端來一大盤剛出爐的熱香餅，看着她辛勞地為我準備食物，我決定不理會那怪怪的感覺，我要做個好孩子！

我要感謝媽媽，抱一抱她！ 15

我要聽媽媽的話，繼續吃熱香餅！ 19

11

　　彈彈波説在居酒屋可以找到專屬我的怪紳士，於是牠、老黑便和我一起向着後山深處前進。老黑很小心，怕我被其他妖怪發現，路上不時要我躲進草叢裏。

　　我們走過了烏龜池後，叢林中突兀地出現了一間燈火通明的日式居酒屋，柔和的光線從紙窗透出來。老黑嗅了嗅，抬頭看到我驚訝的表情，便歪歪地笑着，「從人類世界看，這間居酒屋只是幾棵百年老樹。但這裏其實是怪紳士的家，當人類和神靈世界之間出現了裂縫，新的怪紳士就會誕生，然後出發去修補。例如有人類走進了神靈世界，怪紳士就會把他們趕出去——」

　　彈彈波心急地問：「所以我們現在就走進居酒屋，然後找出恩人的怪紳士嗎？」

老黑一面搖頭，一面用鼻子嗅了又嗅，「**他們叫做怪紳士是有原因的——**」

居酒屋的木門被打橫推開，三個身高一樣，身材一樣，頭戴同款紳士帽，身穿同款黑色禮服的人走了出來。不知道是燈光太弱還是天色太黑，我瞪大雙眼，還是無法看到紳士帽下的臉龐。三個人互相點了點頭，就以不着地面般的步伐向着不同方向走，緩緩消失在黑暗之中。

一直到他們走遠，老黑才繼續説，「他們就是新誕生的怪紳士。他們外表一模一樣，甚至步姿、步速也完全相同！剛誕生的怪紳士普遍都比較熱心，也還存在着一些人類的性格。」

彈彈波不安地自轉了兩圈，「怪紳士都是同一個樣子，要怎樣才可以找到那些熱心的怪紳士？」

老黑把在草叢裏找到的骨頭架在嘴邊，臉上露出了自信的神色，「我們要找到那個因你的恩人闖入而出生的怪紳士。」老黑又對着我抬了抬下巴，「怪紳士會對他負責的裂縫有感應，反之亦然。你能不能找到那個專屬你的怪紳士，就要靠你自己。」

　　為了感應那個因我而生的怪紳士，我們蹲在門前不遠的一個草叢裏。起初我們還聚精會神地看着怪紳士出出入入，但後來彈彈波想起可以找一個叫龍龜仙人的神靈幫忙，便匆匆跑走了。老黑見彈彈波離開，就一面說要去把牠找回來，一面化形成狗，轉身就鑽了進草叢。最後，只剩下我一個在這裏觀察着這間怪異的居酒屋。

　　又一個怪紳士從居酒屋出來，他走了幾步後，竟然停了下來低頭看地上，過了一會才重新出發。在快

要進入叢林之前，他還轉過頭再次看了看地上。

據我觀察，怪紳士只要步出居酒屋，一般只會筆直地往叢林走去。這個奇特的行為引起了我的注意，那麼地上會有着什麼？當怪紳士遠去後，我就跑到那裏，我看到地上有個東西，便馬上拾起來，然後又回到草叢躲了起來。

藉着居酒屋微弱的光線，我看到這是一條綁馬尾的髮帶，髮帶上有個掉了一隻眼睛的小豬公仔，我連忙把它綁在手腕上。因為這是去年媽媽和我一起為雪子準備的生日禮物！我從來沒有看過雪子放下這個髮帶！難道雪子也走進了神靈世界？難道剛剛那個怪紳士見過雪子？我要不要跟過去看看？ 16

但是，我對於那個怪紳士也沒有感應。我要不還是繼續等待我的怪紳士？ 28

12

我一面跟着彈彈波往樓梯跑，一面問牠：「你⋯⋯你剛才説了人話嗎？」

但彈彈波沒有再回話，難道剛才是我的幻覺嗎？

我一口氣從望海山崖跑下來後，現在又馬不停蹄往回跑，我實在喘不過氣來，只好停下。

我回頭看了看，那個青皮人一步一步緩慢地踏着階梯向我們走來！

我再仰頭看彈彈波，卻瞥見怪紳士正在下樓梯，已經很接近我們了！

前有怪紳士，後有青皮人，我急得像熱鍋上的螞蟻。

一陣「叮噹」的聲音響起，好像有什麼東西從我身上掉下來。

我看不到我丟掉什麼，因為怪紳士已經舉起了手，接着一道閃光從他的手上發出。 23

13

「我的小寶貝！你怎麼啦？」我聽到了媽媽的聲音。

「媽媽知道你是一個很堅強的孩子，你要繼續努力下去啊！」聲音愈來愈遠。

「媽！別走！別走！」我猛地醒過來。

入目的是墨綠色的石牆和木製的柵欄，原來我仍然在牢房中，難道剛才的一切都是夢境嗎？

我試着動了動手指，然後驚喜地發現，我可以活動我的身體了！

我在窄小的牢室走了個圈，卻找到了幾件雪子的隨身物品：雪子的球鞋、寫着雪子名字的水壺，還有雪子最愛吃的豬仔牌口香糖。

我又看了看手腕上的小豬髮帶，不禁想起剛才雪子輕聲對我說着「**忍下去**」。

難道剛剛的不是夢境？是雪子救了我嗎？

我把口香糖放入口中，咀嚼使我的精神更加集中。我想了想，首要任務還是先離開這個牢房！

我檢查着柵欄，發現柵欄的縫隙很窄，我的手指也只能勉強伸出去。我又嘗試推開柵欄，可是它又重又硬，即使我用盡全力，柵欄也沒有絲毫晃動的感覺。

這時我耳朵一聳，外面傳來腳步聲，聲音愈來愈近——

來人可能是妖怪！我要快點躲起來！18

來的人也有可能是雪子！我應該迎上去！29

「你見我晚上走進竹林，就跟在我後面嗎？」我和雪子一面説着話，一面跟在怪紳士身後跑。「對呀！但是我沒你跑得快，所以就迷路了。我看到前方有些光，還以為是垃圾站。怎知道是那個假木屋！」

雪子可能仍然驚魂未定，所以牢牢牽着我的手。「雖然那屋子很香很華麗，但我眼睛看到的是一堆枯葉和無數條身帶黃點的百足蟲！惡心得很！看久了，我更看到小屋原來是一個陰暗的小山丘！」

我簡短地對雪子説了我的經歷。不知不覺，我們已從未知的叢林來到熟悉的環山徑，前面就是狐狸神廟。雖然它的名稱是神廟，但由於多年來社區沒安排人手打理，木造的廟宇早已倒塌，現在只殘留鳥居和廟前的一座狐狸石像。

　　怪紳士停在一棵大樹後，然後向我們做了個噤聲的手勢。這時，垂頭喪氣的彈彈波出現在另一條路上，牠跟在老黑身後，一起向狐狸石像走去。

　　「我就這樣把恩人留在居酒屋外，要是他被黑巫婆……又或山怪——」老黑冷聲打斷了彈彈波的話，「怎會呢！只要他被怪紳士看到，就會被送回人類世界，那才是最安全的做法。」

　　此時狐狸石像居然説起話來！她用甜美的聲音質問：「你們在我這裏吵什麼？」

　　「狐狸神……大神！請您救我恩人的媽媽！她被赤鬼捉走了！我知道在這後山，就只有您……能從赤鬼手中拿走他的東西！」彈彈波顯得有點慌亂，不過牠的馬屁似乎很合狐狸神的口味，我合理懷疑這是老黑教牠説的。

　　狐狸神的語氣也柔和起來，但說着輕蔑的話，「說得不錯。我可以這樣做，但我為什麼要幫你？」

　　老黑一屁股坐在石像前，舌頭舔着手指，悠悠地說着：「『不做賠本的生意』是狐狸神您的座右銘。您想要什麼？」

　　狐狸石像的嘴角向上翹起來，就像是皮笑肉不笑，「我才不要流浪動物的乾枯骨頭。既然你們要我救一個人，我就要一顆人類的活心臟，你們有沒有？」

　　彈彈波臉色十分惶恐，老黑卻像早已料到般，淡定地從袋子裏拿起一根骨頭放到嘴裏咬，「狐狸大神！您這開天殺價的本事真不錯。我們到哪裏找人類的活心臟呢？但黑狗的心臟……」老黑笑了笑，「……還夠用吧。」

我愈聽就愈焦急，為什麼老黑想要獻出牠的心臟？彈彈波也像是被嚇到，慌忙走到老黑身邊，似乎是想阻止牠。

老黑繼續說：「您希望脫離石像綑綁的事，只要在後山住久了的都一定聽說過。而您需要三件物品，幽明玉、活人類的活心臟和——」狐狸神嚴肅地打斷了老黑的話，「黑狗，你知道的還不少。」

老黑得意地點了點頭，「我還知道活人的心臟不易找，雖然黑狗的活心臟沒人類的好用……但至少能讓你暫時脫離石像。」

狐狸神的石像尾巴搖了搖，似乎很高興。「好！你先把你的心臟給我吧。」

彈彈波忍耐不住焦慮，「即使我們真的給你老黑……黑狗的心臟，我們怎能相信你離開了石像會幫助我的恩人——」狐狸石像瞬間爆發出粉白色的光

球，震懾力使彈彈波合上了嘴巴。

「哈哈！這後山裏，就只有我！有力量和赤鬼周旋！黑狗的心臟會讓我暫時脫離石像，到時我才能幫你救人啊！我被這個石像封印了數百年，也不差一天半天，但要是那個人類女子成為赤鬼的妻子，她就永遠無法回去人類世界了！」

老黑像是不怕狐狸神似的插起話來，「狐狸大神，您那反覆的言行……早已傳遍整個後山。要不你先拿出證明來，然後我再把心臟交給你？」

老黑說完後，狐狸石像沉寂了下來，沒多久另一把聲音就響起。

「這是……這是什麼光？」聽到媽媽的聲音，我立刻衝了出去。36

15

　　我從椅子跳下來，就向着媽媽撲過去。媽媽臉上帶着驚訝的表情，退後了半步，「哎呀！你在做什麼呢？寶貝，吃飯的時候要坐在椅子上。快坐下來！再吃多點！」

　　我不想看到媽媽為我動氣，只好不情願地坐了下來，低頭拿起了桌上的刀叉。

　　這時，我看到手腕上的小豬髮帶，呆了一呆。「媽！這是我昨晚發夢時——」

　　媽媽伸手拿走髮帶，打斷了我的說話，「寶貝，這只是一條舊髮帶！先不要管它了，快吃熱香餅，一會兒再說！」

　　我猛然抬起頭來，「媽！這個髮帶是我去年送給雪子的禮物啊！這是你和我一起動手做的！你怎會不記得？」

　　媽媽親切的臉閃過一絲惡毒兇狠的表情。我媽媽從來不會這樣的！

　　「你……你是誰？」我不自覺地把話說了出口。

　　「為什麼你就不能好好吃飽飽，舒舒服服做我黑巫婆的藥引子？」媽媽一面說着，身上一面冒出墨綠色的煙。煙霧散開後……她是黑巫婆！

　　房子也在變着它的樣子，原來，我還是在那個墨綠色的石牆牢房裏。

　　我眼前的也不再是熱騰騰的熱香餅，而是一堆酸臭味的雜草。仔細一看，雜草裏有很多條長着黃點的百足蟲在蠕動，「嘔——」

　　想到我剛才以為這些是熱香餅，還吃進肚子去！我馬上就想用手挖自己的喉嚨，把那些惡心的蟲子吐出來。

可是我的手臂卻舉不起來，連手指頭也動不了！我抬頭看着駝着背的黑巫婆，她奸詐的笑容告訴我，這一切都是這個妖怪在搞鬼！

「**張嘴！**」既然剛才被黑巫婆騙了，我當然不會再上當，全身立時繃得緊緊的。

「軟的不行就只好用硬的啦！就讓你成為黑巫婆的青蛙吧！」黑巫婆拍了拍雙手，一個用白布蒙着臉的女孩走了進來。「你！過去拉開他的嘴巴！」

那蒙臉女孩來到我背後，單手按着我的鼻子，另一隻手就拿着酸臭的雜草準備往我嘴裏塞。

看到百足蟲在腐爛的葉子上爬來爬去，我感到十分恐懼，用力地閉起雙眼，緊緊地合上嘴巴。

窒息的感覺逐漸累積，但我不能張開口！要是我放鬆，那女孩就會把臭蟲放進我口中！

　　「忍下去。」那女孩在我耳邊輕聲地說。雖然我有點暈眩，但我聽出來了！這是雪子的聲音！

　　雪子的話鼓勵了我，我更加使勁，牙關緊閉，死命地不肯鬆口，我要忍下去！

　　但是，我的肺部開始疼痛，同時我的耳朵也聽到了心臟怦怦的強烈跳動聲。我思考着：我能不能憋氣把自己弄暈？

　　不行了！我辦不到！這根本是不可能的事！

　　但是，我相信雪子！拚了命也不會把口張開！ 13

　　既然她是雪子，雪子一定會幫我的。不如我微微張嘴，偷偷呼吸一下吧！ 49

16

想到雪子，我不假思索便衝進茂密的叢林。

怪紳士在密林中一直以直線穿行，樹木和雜草都阻止不了他的步伐。我奮力向前跑，但也追不上怪紳士的速度，最後還是跟丟了。

「**可惡！**」一無所獲的我不禁發出怒嚎。

冷靜下來後，我看着四面八方的叢林，也不知道自己身處哪裏，也找不到居酒屋。

我亮起了手電筒，微光只能照到腳邊。我帶着失望無助的心情，見路就走。

一個黑影站在我前方不遠的樹後。我瞪大眼睛看，紳士帽陰影下的雙眼也正在看着我。

我擔心被那怪紳士發現，不敢亂動，只好沉默地站着，裝作不存在的樣子。

　　我們就這樣互望了好一會，最後我還是忍不住大喊，「我住在附近的社區……我媽媽不見了！我來後山找媽媽的！」怪紳士只是沉默。

　　「還有雪子！看！這是雪子的髮帶！」我揚了揚手腕上的髮帶，可是他還是沒有反應。

　　「你……可以幫我嗎？剛才我遇到老黑和彈彈波，牠們跟我說只要拿到黑巫婆的『幽明玉』，就可以得到狐狸神的幫助。到時候就能夠從赤鬼手上救回媽媽！我想救媽媽！」

　　怪紳士還是一言不發，不過他默默轉過身，然後就走了。我只好跟上去。5

17

在茂密的叢林裏實在無法追上怪紳士的速度了，我應該要先找到行人路。我一面走，一面用手電筒照着身旁，終於看到了環山徑的指示牌。

踏上環山徑，我用最快的速度不停狂奔，經過烏龜池，轉過狐狸廟，在環山徑的第三個路口一直向上跑過四百五十六級樓梯，我跑得上氣不接下氣，終於來到望海山崖。

望海山崖是一個向東邊的小懸崖。今晚正好吹東風，強風把我吹得頭昏腦脹，海水的鹽分都撲到我臉上來，使我眼睛也睜不開。

我弓起背來穩住身體，用手擋着強風，左顧右盼後才發現，山崖上只有我一個人，沒有怪紳士的身影。

「**可惡！**」我的吶喊聲被海浪聲和風聲掩蓋。

　　強風不斷往臉上拍打，把我吹得快暈了，我躲在一棵大樹後，冷靜地思考。居酒屋在後山的南方，而怪紳士剛才就是從居酒屋向着東北的方向前進穿越叢林。除非他途中向另一個方向走了，不然必定是來望海山崖。

　　不過，我走環山徑，可能會比那怪紳士還要快來到這裏，也許我應該多等一會？ **40**

　　我還是應該認清方向，走進密集的樹叢？我只要保持着向西南方直行就可以到居酒屋，如果怪紳士真的轉向了，我應該可以沿路找到線索或足迹！ **42**

18

我躺在地上，裝作動彈不得。

過了不久，一把難聽的女聲和粗獷的男聲傳來。

男子厲聲地說着，「你確定他可以當我未婚妻的藥引子嗎？上次你也說可以治好我女兒……如果你膽敢再騙我，我必定把你的頭扭下來！」

「上次不是我的問題啊。赤鬼大人，我敢騙醜狐狸和笨烏龜，都不敢騙鼎鼎大名的赤鬼大人啊！」

千穿萬穿，馬屁不穿，赤鬼的口氣馬上好了起來：「你先給我看看這藥引子吧。」

「**您放心！**」聲音已經來到我的囚室外。我馬上閉起眼裝作仍然暈倒的樣子，但我還是小心翼翼地眯起眼睛對着木縫偷看。

我看到一個紅色的巨大身影正在轉過頭來，他一黃一紅的眼睛在黑暗中閃着詭異的光芒。我心裏

異常好奇，但我更怕被他發現我醒了過來，只好連忙閉上眼睛，不敢動彈。

「**喂！**」我躺在稻草上，似乎聽到有人在叫醒我，不過我還是擔心那是黑巫婆。「**喂喂！**」直至有人用手指戳了一下我的後背，我才轉過頭去看。

稻草堆冒出了一個人頭，正是雪子！

「是我！來！我們快點走吧！」雪子露出招牌式的甜美笑容，對着我説。

「你差點把我嚇破膽了！剛才真的是你嗎？」我情緒有點激動，聲量也不自覺提高起來。

雪子做了個噤聲的手勢，「輕聲點！我們先離開這裏吧！」

19

媽媽將一盤又一盤的熱香餅放到餐桌上，我拿起大大片的熱香餅，一口一口地吃起來。雖然我已經吃了很多，但我的身體就像無底洞一樣，沒半點吃飽的感覺！我對自己的食量十分驚訝，我摸了摸肚子，它脹得愈來愈大了！

這時媽媽走了過來，坐在我旁邊，「寶貝！你不要太饞嘴了。吃完這盤後，就去浴室洗個澡，好不好？」

我可能吃得太多了，感到有點頭昏腦脹的。我迷糊地對媽媽點了點頭，卻又突然想起，「媽！你以前不是説過，吃飽後，要先休息才可以洗澡嗎？」

「對！對！媽媽都忘記了！你真乖！不過我已經放好洗澡水了，你還是快點去洗澡，不然水溫很快變冷，就容易着涼！」

媽媽為我打開浴室的門，但是浴室內的裝飾不同了！我立即問：「咦！我們家什麼時候多了一個這樣漂亮的大浴缸？」

　　媽媽似乎略帶慌張，「這是媽媽昨天新買的！」

　　但是，除了浴缸外，牆壁的顏色和花紋也改變了，浴簾也換了新的，我疑惑道：「媽！你一個人怎能做到這麼多的？」

　　媽媽好像有點不耐煩，帶點怒氣地說：「是爸爸幫了我忙！」

　　我吃了一驚——爸爸在我幾歲的時候就已經離我們而去了！**「爸爸回來了嗎？」**

　　媽媽竟然對我翻了個白眼，「就⋯⋯回來安裝了浴缸，然後就走了！你別問那麼多，先進去洗澡吧。」

　　我有點愕然，所以沒有馬上回答媽媽。我心裏不禁在想：媽媽真奇怪！爸爸怎麼會回來幫忙裝修浴室？難道我還在做夢嗎？還是爸爸離我們而去，是剛才惡夢裏的一部分？

　　這時候，耳邊突然傳來雪子的尖叫聲：「救救我！」

　　我定了定神，看到了手腕上的小豬髮帶。為什麼我送給雪子的生日禮物會綁在手腕上？

　　我試着回想一切，但後腦袋猛然抽痛，就像被強烈的電流電到了！

　　媽媽臉上頓時露出不高興的神情。

　　我還是不要惹媽媽生氣了，先進去浴缸再算吧！ 21

　　但是，雪子正在求救，我要去救她！ 32

20

　　我的頭嗡嗡作響，很痛！我摸了摸身體，傷口已經凝固。我摸了摸手腕，幸好髮帶仍牢牢地綁着。

　　天空還下着微雨，我爬到最近的一棵樹上避雨。濕透了的衣服貼在身上，我看着自己傷痕累累的手臂，摸着滾下來時撞破的額頭，想到失蹤的媽媽和雪子，眼淚不禁掉了下來。

　　「小朋友，在這樣的下雨天，你為什麼在森林裏哭泣呀？」溫柔的聲音在我耳邊細語，嚇我一跳。

　　我抬起頭，四周卻空無一人。

　　「別怕。我只是關心你。看看前方！我就在屋子裏等你。」

　　我眯起眼睛，看到前方隱約有一絲光芒。那裏是居酒屋嗎？是我誤打誤撞找對了路嗎？

　　這時有了目標，我的信心都回來了。我看了看四周，發現這裏的樹枝不但粗壯，而且互相交纏。

我可以抓着樹枝從一棵樹蕩到另一棵樹上，像泰山一樣！嗷嗚！

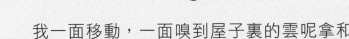

　　我一面移動，一面嗅到屋子裏的雲呢拿和蜜糖在呼喚我。離小屋愈近，香氣就愈濃，我吞了吞口水，摸了摸肚子，感到有點餓了，很想吃兩口。

　　不一會兒，我已來到接近小屋的大樹上。這屋子真像一塊奶油蛋糕！它的外牆是奶白色的，紅通通的屋頂上有個白色的小煙囪。這間屋子甜絲絲的，在黑夜裏的森林顯得過分美好！

　　所以，我猶豫了。

　　「快點進來避雨吧。你的衣服已經濕透了，我會用火幫你烤乾衣服。我還有一些茶點，進來吃吧！」這些話太吸引了，我不由自主爬下樹，向着小屋走去。8

21

　　我走到大浴缸旁。我抬起頭看到媽媽的微笑，後腦袋也馬上不痛了。

　　我伸手試了試水溫，溫度剛剛好！但水怎麼黏黏的？媽媽說，她放了我最喜歡的浴鹽。

　　我脫下拖鞋。

　　「別進去！」雪子的聲音又在我耳邊響起。但此刻的我早已被肚子裏的熱香餅和浴缸裏散發出來的蒸氣影響了，我只想快點跳進浴缸去，享受被溫水包圍的感覺。

　　媽媽一直用小木碗把水淋到我的身上。溫水使我全身放鬆，我覺得自己的皮膚就像海綿一樣，吸收着水。

　　我還以為這是錯覺，但我真的看到浴缸裏的水變少了！

「媽——呱——」我想開口問媽媽，卻發現我只能發出呱呱聲！

四周的環境開始改變，原來我還在那間墨綠色的牢房！站在木盆旁的媽媽也變成了一個彎着腰的老婆婆，是黑巫婆！

黑巫婆直起身望着我，她血紅色的眼睛閃着異樣的光芒，嘴角上掛着邪笑。

我連忙低頭看了看自己的手，卻發現我只剩下四隻手指，四隻手指的指尖都長出半圓的透明吸盤，指和指之間更長着青綠色的蹼。

我十分害怕，想站起來逃跑，但我的雙腳卻不聽使喚，只能夠上下跳，然後把木盆都弄翻了！

黑巫婆拿着一支發光的魔杖，向木盆點了一點，木盆就重新站起來。

這時我心慌意亂、手足無措，忽然之間，我想起一段說話：

　　「赤鬼大人，您放心！這次的藥引子是萬中無一的。我正在準備⋯⋯」

　　呱。（我喜歡在大鍋裏洗澡。）

　　呱呱呱。（我不怕昆蟲。）

　　呱呱呱呱呱！（因為我是一隻可愛的小青蛙！）

- 完 -

妖怪禁區
出入注意！

 這一趟冒險結束了。你喜歡你寫下的這個結局嗎？

　　你可以選擇讓我帶你穿越時空，當回到學校，所有事

情都會迎來扭轉的機會。我會祝你出入平安！ **1**

　　如果你已經完成所有路線，寫滿你的日記本，那就跟

我一起，看看我的故事吧。汪！ **54**

22

　　我鼓起勇氣推開木門。媽媽正坐在簡樸的屋子裏看着我，臉上帶着熟悉的微笑。

　　我急忙衝過去抱住媽媽，淚水也不自覺地流了出來。媽媽也抱着我，摸着我的頭。媽媽把雪子也拉了過來，我們三個人抱在一起。

　　過了好一會，我趕緊説：「媽！我們快離開這裏吧！」然後拉着媽媽朝屋外走去。

　　媽媽卻擺了擺手，緩慢地搖了搖頭，「媽媽走不動了。這幾天，我感到這個病快要⋯⋯咳咳！媽媽要走了，你明白嗎？」

　　「不！我不明白！」

　　「咳咳！」媽媽劇烈地咳嗽着，待平復一點後又繼續道：「那天我想晾衣服，但覺得很不舒服，我想着之後剩下你一個人，心情就鬱悶起來。」

我聽到這裏，重逢的喜悅也變得低落。

「彈彈波在門外吠叫，我不想牠捱餓，就勉強走起來拿些剩菜餵牠吃。當我看到天上染紅的雲彩時，就許了個願。我希望我的病能治好……咳咳！然後我耳邊有把聲音問我：『你要不要跟我走？我能夠治好你的病。』我那時也沒想太多，就點了點頭。」

「姨姨，之後你就來到這裏了嗎？」

「對。之後，我才知道跟我對話的是赤鬼。牠說牠治好我的病後，我要成為牠的妻子。」媽媽肯定見到我臉色都不好了，連忙補充道，「我說我的病治不好、好不了的，等牠真的治好了再說。」

我想起黑巫婆的百足蟲，摸了摸自己的肚子，心裏納悶着，「那……那赤鬼能夠治好你的病嗎？」

一股巨大的壓力突然從我背後出現，我回頭一看，身形龐大的赤鬼已經靜悄悄地來到我們身後，牠一雙巨手把我和雪子抓了起來，二話不說就把我們往牠的嘴巴裏送！看着牠突出的獠牙，我和雪子忍不住尖叫起來！

　　「不要！他們是我的孩子！」

　　赤鬼聽到媽媽的話後呆了一呆，不過牠很快就清醒過來，然後對我們説：「小朋友，孝心能讓你們走進神靈世界。不過現在，請向你們的母親説再見！」

　　赤鬼把手往後一伸，這是投球的準備動作！

　　「不要——」轉瞬間，我和雪子已經身在半空，翻轉不停。48

83

23

随着太陽升起，四周只有我一人。我內心突然有種難以言及的痛楚，或許……媽媽已經離我而去。

我回到社區的時候，發現警察和王叔叔焦急地到處找我。之後，警察就把我送到兒童之家。

在我離開之前，雪子走到我面前，她抓緊我的手跟我説，她昨夜做了一個很真實的夢。

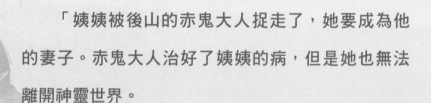

「姨姨被後山的赤鬼大人捉走了，她要成為他的妻子。赤鬼大人治好了姨姨的病，但是她也無法離開神靈世界。

「她在夢裏告訴我，讓你和我在明年同樣時間到後山的狐狸神廟，到時候或許能夠借助狐狸神的力量，幫助我們再次相見。」

這是我最後一次和雪子交談。

當時萬念俱灰的我，根本沒有把她的話記在心裏。

我被送到兒童之家，那裏離家很遠，我也沒有機會回來，加上我想刻意躲開這一片傷心地，就把社交帳號刪除，和雪子失去了聯絡。

過了幾年後，我才慢慢生出勇氣，有了回到這社區看看、探望王叔叔和雪子的想法。

我來到望海山崖，感受着海風，回想剛才在社區裏轉了轉，要不是街上有路牌，我差點就迷路了！垃圾站搬遷了，山下的竹林被砍掉大半，改建成新住宅社區，就連分隔社區和學校的小河都因為公路擴建而被填平。

我本來還想找雪子聊聊天的。不過，王叔叔告

訴我，雪子在我離開後的翌年也失蹤了。她爸爸發瘋地找了好幾個月也毫無收穫，最後一家沮喪地搬離了社區。

我下山的時候，忽發奇想，想在後山多呆一會，於是便走了遠路，沿環山徑在山中走了個圈，正好經過了狐狸神廟。

我還小的時候，狐狸神廟已經崩塌，只剩下狐狸石像和紅通通的鳥居。又過了這麼多年，鳥居也已經被拆卸，石台上的狐狸像也被風雨侵蝕得體無完膚，佈滿青苔。

在月光的映照下，我心有所感，便掃了掃石台上的灰塵，抹了抹石像上厚厚的青苔，然後雙手合十拜了拜。

突然，地上出現一個熟悉的影子，我知道身後有
人出現了！

- 完 -

這一趟冒險結束了。你喜歡你寫下的這個結局嗎？

　　你可以選擇讓我帶你穿越時空，當回到學校，所有事
情都會迎來扭轉的機會。我會祝你出入平安！ 1

　　如果你已經完成所有路線，寫滿你的日記本，那就跟
我一起，看看我的故事吧。汪！ 54

24

　　這邊的路很平坦，也沒什麼太多荊棘。走了不久，我們看到了——一絲淡淡的微光從一個水池中央的烏龜石像散發出來。

　　「這裏怎麼會有個這麼大的水池？你看那烏龜石像！難道這裏是……烏龜池？但烏龜池不是在幾年前就已經完全乾涸了嗎？」雪子驚訝地説出我內心的想法。

　　媽媽常對我們説**「經一事，長一智」**，我和雪子也都小心起來，不敢貿然前去查看。我們躲到一旁，打算先觀察一下。

　　石像發出的光線愈來愈亮，強烈的光線照得我和雪子都睜不開眼睛了！

　　強光退去，一個拿着枴杖、長着白色鬍子的老人坐在烏龜石像的背上。

「小朋友，你們在神靈世界的旅程，到這裏就要告一段落了！」

我不知道這個老人是誰，也聽不懂他的話，「你⋯⋯你是誰？我要去救我媽媽！」

「呵呵呵！我是龍龜仙人，也是這山的神靈之一。你媽媽被赤鬼捉去的事，我知道得一清二楚。但是，這裏不是你們該來的地方，你們冒險的時間要結束，是時候回去了。」他笑嘻嘻說完後就揚起手中的枴杖，一陣風隨之包圍着我和雪子。

狂風把我和雪子捲起，我們在風渦裏搖搖晃晃，雪子害怕得緊緊捉住我的手。

我深怕再也找不到媽媽的線索，便聲嘶力竭地吼叫：「龍龜仙人！你能幫我嗎？我只想救回我媽媽！求求你幫幫我！」

「唉。」強風隨着嘆氣聲停了下來，我們掉落到烏龜池旁邊。我知道龍龜仙人願意幫助我了。

龍龜仙人平靜地説，「世界中的一切都有定數。生死有時，聚離有時。小朋友，我知道你十分孝順，我可以破例幫你，但我不保證結局會是你喜歡的。」

龍龜仙人拍了拍頭，口中隨即吐出了一個光球，他把光球放到我面前。「沒有失去，就沒有回報。如果你堅決要救媽媽，就把光球含在口中吧。別説我沒事先警告你，這裏未必有你想要的結局。」 37

龍龜仙人又遞給我一個黑色的木碗，「我認為，不救你媽媽，才是最好的安排。我會送你回去人類世界。不過為了獎勵你的孝心，你可以拿起木碗，來到池邊喝一口池水。」 41

妖怪禁區
出入注意！

25

我拍開怪紳士的手後，就隨着歌聲的方向追了過去。但歌聲愈來愈遠，到最後完全消失。

我站在密林中，不知道要往哪裏去了。當我打算往回走的時候，卻已經找不到來路。

突然，歌聲又再次出現，而且離我愈來愈近！

我匆匆向着歌聲奔去，大聲問：「雪子！雪子！是你嗎？」

一個黑影出現在樹叢中。微光下我看不到它的樣貌，但它側了側頭，這就像雪子的習慣小動作！

我再向着黑影走，但它竟然轉身就跑！我馬上跟了上去。

「砰！」一條粗樹幹無聲無息地在我眼前出現，把我撞昏了。

　　我不知道自己昏迷了多久，但醒來的時候，被撞到的地方還有點痛。

　　我發現自己正躺在一個鋪滿稻草的墨綠色牢室中。

　　這時我耳朵一聳，外面傳來腳步聲，來人可能是妖怪！ 18

26

我相信了自己的直覺。

那天媽媽看到我搖了搖頭，就和赤鬼說了幾句話。

意外地赤鬼沒有為難我們，他還解釋說，媽媽吃下的藥，只會在神靈世界有效，如果回到人類世界，媽媽的病情只會再次惡化。

我知道這情況後，其實想回心轉意，但媽媽堅持最初的決定，拒絕成為赤鬼的妻子。然後她就牽着我的手，和雪子一起離開了赤鬼之家。

回到家中後，媽媽的病情真的嚴重起來。當她住進醫院時，只要不是探病時間，我都會到烏龜池、狐狸神廟許願。我都忘記了我在後山跑了多少遍⋯⋯我卻沒有再遇到神靈了。

直到現在，我還不時會想起龍龜仙人的話，到底這是不是一個美好的結局呢？

- 完 -

 這一趟冒險結束了。你喜歡你寫下的這個結局嗎？

你可以選擇讓我帶你穿越時空，當回到學校，所有事情都會迎來扭轉的機會。我會祝你出入平安！ 1

如果你已經完成所有路線，寫滿你的日記本，那就跟我一起，看看我的故事吧。汪！ 54

雪子反對往黑暗方向走，還試圖拉着我的手，但我一意孤行，她也只好戰戰兢兢地跟在我身邊走。

這條路沒有任何光線，但當我們逐漸適應了黑暗，就看到前方透出了暗紅的光。黑暗與暗紅光芒在空氣中交錯，悚然的感覺油然而生。

雪子拉住了我的手，示意她不想再往前了。我拋下一句，「你在這裏等我，我上前看看。如果我沒有回來，你就沿着來路，向光明的方向走！」然後奮力推開了雪子的手，就向着那暗紅色的光跑去。

一座古式的木造紅房子莫名其妙地出現在大片草地上，屋外有一道矮矮的圍牆。瓦片屋頂上的煙囪噴着紅色的煙霧，紅光從紙糊的窗透射出來。

我小心翼翼地繞着圍牆走了一圈，看到大門外高高掛着一個大紅色的紙燈籠，上面寫着黑色的

「**赤**」字。門前放着一個十分整潔的木牌子，明顯經常被主人洗刷。木牌上寫着：

「這是心地善良的赤鬼之家，歡迎內進喝杯茶。」

「你覺得這牌子上的話可信嗎？」我百思不得其解的時候，身後傳來的聲音嚇了我一跳，原來雪子還是跟了上來。

這時我們都感覺到大地在震動，便找了顆大石頭躲起來。隨着咚咚的腳步聲，一隻和樹同樣高的妖怪在我們的來路上出現，向屋子的方向走。這個妖怪滿身通紅，頭上有着兩隻金黃色的角，和下顎的兩顆獠牙正好成個對。

我想，牠就是「心地善良」的赤鬼了。

赤鬼愈接近屋子，步伐愈溫柔，最後牠在門外坐了下來，「我回來了，你身體好點了嗎？」

　　我和雪子四目交投，沒想到身形高大的妖怪説起話來，竟是輕聲細語的。

　　「我剛才去了黑巫婆的屋子取你的藥，但……」赤鬼愈説愈激動，嗓子大了起來。「黑巫婆又騙了我！她明明説得了個絕好的藥引子，現在卻又説藥引子逃跑了！」

　　這時屋內傳來幾下女人的咳嗽聲，聲音有點熟悉。我連忙更聚精會神地聽着。

　　「你不要生氣！我一定會治好你！」赤鬼站了起來，滿臉愁容地在屋外來回踱步。「黑巫婆只會騙人，醜狐狸又靠不住……」

　　赤鬼突然開心地跳了起來，「不過，笨烏龜一定有方法！但那笨烏龜總是對我有偏見，他會幫我嗎？」滿臉笑容的赤鬼隨即苦了臉，低下頭來。

屋內再傳來幾下咳嗽聲，赤鬼聽到後就打起精神，「我知道了！我一定會治好你的！你現在是我的未婚妻，到你康復後就是我的妻子了！」他說完就一步三回頭地走了。

我們等到赤鬼走遠了，才敢走出來。雪子拉了拉我的衣袖，低聲問我：「我們現在應該怎辦？」

說實話，我心裏也沒有底，但我猜測，黑巫婆是要拿我當赤鬼未婚妻的藥引子。我看着屋外寫着「**心地善良**」的木牌，就更覺可疑，「恐怕這裏面的，是會吃人的妖怪。我們往回走，好嗎？」

雪子點頭同意，於是我們轉身就走。誰知雪子沒有注意地上，就被一顆石頭絆倒，發出咣噹聲。

「請問外面是否有人？我好像聽到您走路的聲音了。」屋內傳來一把女聲。「您好，我無緣無故

被一個叫赤鬼的怪物捉來這裏。牠把大門反鎖了，我在屋子裏面打不開門，請問您可以從外面幫我打開門嗎？我不是赤鬼的未婚妻！我家裏還有兒子，他一定很擔心我！請您帶我離開這裏，好嗎？」

這個女人的聲音很像媽媽！

我一面想着媽媽，一面已經走到大門前。雪子拉着我，她瞪大圓圓的眼睛，眼神説着「不要開門」，但我再次掙脱她的手。

雪子又再拉起我的手，急促地説：「這可能是比黑巫婆更厲害的妖怪！」

裏面的人可能真的是媽媽，我要進去！ 22

但雪子的話也有道理，這可能是赤鬼騙我進屋子的詭計，這個妖怪的法術太強了，牠竟然懂得讀心術！我們不能待在這裏了，要趕快逃跑！ 31

28

也許，那個怪紳士只是好奇人類的東西。如果我跟上他，我就可能會失去遇到「真正」專屬於我的怪紳士。

「**欲速則不達！**」媽媽的聲音在我的耳邊出現。對了，我這是……靜觀其變！

又過了好一段時間，在居酒屋進進出出的怪紳士變少了。

我忽然感到有點不安，抬頭看向天空，眼看天上的月光都走完半個天空，太陽快要出來了。我還要到黑巫婆家偷東西，找狐狸神幫我從赤鬼手中救回媽媽。要做的事情太多了，我卻還在這裏等着那個不知道何時才會出現的怪紳士！我有點對自己生氣，也有點後悔剛才沒有主動跟着那個怪紳士。

我努力控制自己不再去想，可是一個念頭閃過

我的腦海，如果過了今晚，也不知道還能不能把媽媽救回來？

這時，一個怪紳士從樹林中出現，走回了居酒屋。我內心也愈來愈焦躁，我不想再浪費時間了！我決定跟從下一個從居酒屋出來的怪紳士，不管我對他有沒有感應，還是主動出擊跟過去再說吧！

時間一分一秒地過，怪紳士陸續從不同方向回到居酒屋，卻再也沒有一個怪紳士走出來。

我蹲得腿麻，於是便站了起來。這時一個黑影從居酒屋的另一邊閃進叢林。

老黑和彈彈波還沒回來，那個真正和我有聯繫的怪紳士也還沒出現。要不我還是多等一會兒？ 23

抑或我要跟着黑影去看一看？ 46

29

「雪子！你快來……」我還沒説完，我就知道自己太衝動了。因為從木柵的縫隙中，我看到了駝着背的黑巫婆。

她刺耳的笑聲也隨即響起，「嘻嘻！我從來沒有聽過人類可以閉氣弄暈自己，不過你竟然成功了！但既然你醒過來，我再不會讓你這樣做了！」

黑巫婆舉起魔杖，一股刺眼的光射向我的眼睛。

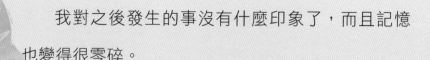

我對之後發生的事沒有什麼印象了，而且記憶也變得很零碎。

雪子衝過來，卻被黑巫婆捉到另一間牢房。

黑巫婆用魔法控制我的四肢，強迫我開口吃下百足蟲。

百足蟲竟然是人間美食，呱愈吃愈上癮！

黑巫婆抱着呱呱到一個香噴噴的木盆裏。黑巫婆幫呱呱洗白白，真呱興！

- 完 -

 這一趟冒險結束了。你喜歡你寫下的這個結局嗎？

你可以選擇讓我帶你穿越時空，當回到學校，所有事情都會迎來扭轉的機會。我會祝你出入平安！ 1

如果你已經完成所有路線，寫滿你的日記本，那就跟我一起，看看我的故事吧。汪！ 54

30

我亮起手電筒就跑了出去。一小片空地上，有着一堆散亂的骨頭。我高叫：「喂！喂！剛才說話的人啊！你們在哪裏？你們知道我媽媽在哪裏嗎？」

身後傳來踢躂的腳步聲，我轉過頭來，看到兩雙發光的眼睛，一左一右地自樹叢中向我靠近。心慌的我連忙後退了幾步，就被樹根絆倒在地上，手電筒被摔到很遠。

黑暗中我不敢移開視線，摸到一根骨頭，就鼓起勇氣向着前方大叫：「你……你們是誰？我……我只是來找媽媽！」

「**是恩人的味道！**」我眼前突然一亮，彈彈波手裏拿着一個熠熠的小球，就從竹林中走了出來。當彈彈波愈來愈靠近我時，我看到牠竟然是用兩腳站立？

　　我還來不及驚訝，就看到彈彈波身後跟着一隻我經常在社區見到的黑狗，牠竟然向着我揮手！牠怎麼也是用兩條腿走路？

　　我被眼前的兩隻狗震驚得反應不過來。

　　彈彈波走到我身邊坐了下來，「恩人，你的媽媽被赤鬼捉走了！我不忍心──」

　　老黑吐出口中乾枯的骨頭，拾起地上的另一支骨頭放到嘴裏吸啜，然後懶洋洋地打斷彈彈波的話：「一個小人類，有什麼辦法能從赤鬼手中搶人？山中除了有赤鬼、神仙、精靈，還有黑巫婆呢。你這樣亂衝亂撞，不就等於自尋死路嗎？」

　　「**神仙、精靈⋯⋯**」彈彈波喃喃地说着，「對了！我們幾個當然不能從赤鬼手中把他的媽媽救回來，只有找──」

老黑露出利齒，喉嚨發出憤怒的咆哮，阻止了彈彈波繼續説下去。

我只想盡快救出媽媽，也不怕老黑的怒聲，焦急地問，「只有找什麼？誰可以幫我救回媽媽？」

彈彈波閉上了嘴巴，一副無奈的樣子，低頭看了看我，又看了看老黑。但既然我知道了媽媽的下落，我怎能不救她呢？我自然要追問下去，「就算路途有多辛苦，我也會去救媽媽的！即使你們不告訴我，我也會自己去找！」

老黑嘆了口氣，「唉。不是我冷漠不想告訴你，而是我也不知道她會不會幫你。」彈彈波見老黑放輕了語氣，便搶着説：「在這座山，只有狐狸神不怕得罪赤鬼。如果她願意幫你，那就——」

我興奮地問：「所以如果她肯幫忙，我就能救回

媽媽？她是不是在環山徑那個只有狐狸石像和鳥居的狐狸神廟？我現在就去找她吧！」

老黑站在我面前，舉起雙腿擋住路，「你別心急，聽我說完之後再去也不遲。」

老黑平靜地說，「那狐狸喜怒不定，說話又出爾反爾。整個後山都知道，她渴望獲得一個人類的心臟。就算她答應幫忙，也可能只是欺騙你，最後就會拿走你的心臟！你這個小人類，根本不是那狐狸的對手！」

「那我們應該怎樣做啊？」彈彈波追問起來。

「這個山中，有個黑巫婆，她家裏藏了一顆幽明玉。在人類世界，它只是一顆會發光的石頭，但對於神靈來說，就是一個不亞於人類心臟的好法寶。如果我們能夠先拿到它——」

我搶着問：「那狐狸神就會幫我？」

「可能吧。但黑巫婆也不是容易對付的。如果你被她發現，說不定會把你變成青蛙！」老黑一面笑着，一面又拾起一根骨頭。

這時竹林傳來怪聲，似乎有什麼東西快速地經過。

彈彈波高叫：「是怪紳士！只要我們找到你的怪紳士，我們就有可能從黑巫婆手中拿到幽明玉。」

老黑嚙咬着骨頭，臉上不在乎的神情，似乎是在告訴我們這是個不可行的方法。

彈彈波也沒有理會老黑，興奮地叫着：「我們走吧！」

我一面跟着走，一面想：誰是怪紳士？ 11

妖怪禁區
出入注意！

31

「是我的寶貝嗎？你快點開門，讓我看一看你！」屋內再次傳來聲音。聽到這裏，我更覺得裏面的不是媽媽。那個妖怪想引誘我打開門——要不是吃掉我，要不就是有什麼陰謀詭計。

我一手拉着雪子，就從來路跑回去。

「別走！別走！我真的是媽媽！」

「也許……她真的是姨姨？」雪子停下了腳步，有點遲疑地説。她似乎相信了屋子裏的是我媽媽。

「不！那必定是邪惡妖怪弄的陷阱，就像黑巫婆一樣！我們快走！」

我們沿着來的路走，但一直回不到分岔路。

我冷靜過後，也開始相信那個人可能是媽媽。

因為她咳嗽的時候，根本不知道我就在門外。

我於是決定和雪子走回赤鬼之家。

　　但不知道是我們認錯了路，還是這個森林的路會不斷改變？我和雪子一直在陰暗的森林裏打着轉，到不了分岔路、光明的路，又或是赤鬼之家。

　　天快亮的時候，戴黑帽子、穿黑袍子的怪紳士突然冒出，他舉起了手，一道閃光從他的手上發出。

　　我和雪子就這樣回到了社區，但內心一直有種難以言及的痛楚，真希望時間可以重來。下一次，我一定會打開門，把媽媽救出來。

- 完 -

　這一趟冒險結束了。你喜歡你寫下的這個結局嗎？

　　你可以選擇讓我帶你穿越時空，當回到學校，所有事情都會迎來扭轉的機會。我會祝你出入平安！

　　如果你已經完成所有路線，寫滿你的日記本，那就跟我一起，看看我的故事吧。汪！

32

「媽！雪子在叫我們……」我按着頭，試着令自己沒那麼痛。

媽媽拉着我的手，「頭痛令你聽錯了，雪子不在這裏。來吧，先進浴缸，不如等媽媽來幫你？」

我對媽媽的話感到厭惡，搖着頭說，「**不！媽！我已經可以自己洗澡了！**」

「我在這裏！」雪子的聲音再次響起。

雪子不斷呼救，使我也很擔心她的安危。再加上這個媽媽太古怪了，令我急不及待想遠離她，「媽！雪子在找我！我先到屋外和她說說話，馬上就回來！」

媽媽還來不及阻止我，我就打開了屋子的門。但是門外不是熟悉的社區街道，雪子也不在，只有一片白濛濛。

　　我回過頭去看，只見到媽媽嘆了口氣，說道：「你怎麼不乖乖進去浴缸呢？現在只好強來了！」

　　然後，四周的環境開始變化，熟悉的家變回深綠色的牢房，桌上熱騰騰的熱香餅變成一堆很臭的草，上面還有很多長着黃點的百足蟲在蠕動，看得我毛骨悚然！

　　想到自己剛才還把這些惡心的蟲子吃進肚裏，我就不由自主地想吐。

　　刺耳的女聲響起，「嘻嘻！吃進去就再也吐不出來！」她是那個傴傻的黑巫婆！她竟然幻化成了我的媽媽，更騙我吃蟲子！

　　「進去泡個澡，做我黑巫婆的藥引子吧！」黑巫婆指着剛才浴缸的位置，我這時才注意到，本以為香噴噴的熱水浴，卻是臭氣薰天、混着一堆昆

蟲、蠍子、枯葉的墨綠色污水，水面上更不時冒起氣泡！我嚇得往後退了幾步，但身體就軟了下來，坐倒在地。

我感到額頭流了很多汗，我於是用手抹了抹，然後才發現，這些不是汗，而是透明的黏液！

黑巫婆黑黝黝的眼睛變得血紅，她譏笑着，「**掙扎並沒有用！蟲蠱已經在你肚子裏生根，你變成青蛙只是時間的問題！**」

黑巫婆得意地在懷中拿出一支木棒，用手摸了摸頂端的石頭，待石頭發出亮光後，就向我一指！一股無形之力把我托起，眼看快要被拋進臭氣熏天的污水裏了！

「砰！砰！」牢房外忽然響起連續敲擊的聲音，黑巫婆一揮手就把我拋到地上，「雪女！外面為什麼那麼吵？」

　　我死裏逃生後，驚喜交加之際，竟看到穿着樹皮衣服的雪子從木門外走了進來。原來，剛才聽到雪子的聲音也許並不是我的幻想。但雪子進來後裝作不認識我，我也只好低下頭不去看她。

　　雪子説：「有個楚楚可憐的女子在外面敲門！」

　　黑巫婆聽到後馬上咬牙切齒，「可惡！那醜狐狸怎會知道我在做藥引子？她必定是來跟我分一杯羹！」黑巫婆在牢房裏來回踱步，然後吩咐雪子：「雪女！你來生火，幫我控制着魔藥的溫度，我去見見那醜狐狸就回來。記住，魔藥冷卻了就沒有用，你一定要保持它的溫度！」她説完就急步離開了牢房，剩下我和雪子。

　　雪子臉上露出了她的招牌笑容，用手勢示意要我跟她走。　44

居酒屋裏面只有一個穿着圍裙的怪紳士。雖然我看不見他的樣子，但不知道是哪裏來的感覺，我覺得面前這個衣着不同的怪紳士，是不會傷害我的。

我聽到他用生硬的聲音説，「你為什麼會在這裏出現？」

我把手中的髮帶遞給他，「我……我是來找……來找媽媽和雪子！」

怪紳士把髮帶拿了過來，然後厲聲叫道：「**這是神靈的國度，你不能在這裏！**」

他向我伸出手來，似行非行向我逼近過來。

「你……你想做什麼？」我眼前一黑。

警察局內，兩個木無表情的警察不斷問我：「你昨晚去哪裏了？做了什麼？雪子在哪裏？」

「我昨晚做了夢，夢到後山出現一些黑色的妖

怪，我一直在逃跑⋯⋯我記得，媽媽不見了。」

「至於雪子，我最後一次是放學後在校門前看到她，我沒有等她就跑回家了⋯⋯不！雪子穿着校服來過我家⋯⋯」

其中一個警員的表情十分凝重，似乎覺得我在說謊，他把熒幕轉到我眼前，「這是街燈拍攝到的閉路電視片段，你和雪子前天晚上碰過面了。」

片段中看到，雪子從我後方拍了拍我肩膀，然後張嘴對我說了幾句話，我的樣子十分憤怒，然後就往另一個方向跑去，雪子隨後也跟了上去。

警員指着熒幕，「你們當時說了什麼？我們在後山找到你的鞋印！雪子的失蹤，你還知道多少？」

我聽不明白警員的說話。看着電腦熒幕，我感到有點糊塗。我似乎真的在那個晚上見過雪子？我真的到過後山了嗎？自從媽媽失蹤後，這幾天我感

覺迷迷糊糊的。但是，我也分不清楚現實和夢境。

　　警察查找了很久，也找不到媽媽和雪子。我因為沒人照顧，加上精神不穩定，就被送到青少年行為矯正學校，在那裏渡過了我奇幻的青少年時代，那就是另一個故事。

　　我一直把雪子和媽媽埋藏在內心深處，我深信，如果我那時真的到過後山，做出不同的選擇，我會有不同的結局。

- 完 -

這一趟冒險結束了。你喜歡你寫下的這個結局嗎？

　　你可以選擇讓我帶你穿越時空，當回到學校，所有事情都會迎來扭轉的機會。我會祝你出入平安！ **1**

　　如果你已經完成所有路線，寫滿你的日記本，那就跟我一起，看看我的故事吧。汪！ **54**

34

　　我轉過身去，跟着微弱的光慢慢走，沒想到真的就回到了居酒屋。

　　彈彈波和老黑都沒有回來。我決定繼續等待專屬我的怪紳士出門，我於是躲在草叢後一直等……

　　等……

　　等……

　　但居酒屋再也沒有人出來。

　　我也想不到辦法，只好繼續等下去。 23

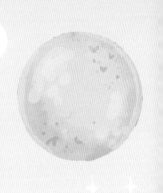

妖怪禁區
出入注意！

35

彈彈波夾着尾巴圍着我打轉，但我不想跟牠走。

青皮人走到我身前，笑盈盈地說：「沒想到我離開了這麼多年，回來後第一個遇見的，居然是一個人類小孩！這真令人意外！那個小孩手上還拿着笨烏龜的鱗片呢！」然後，他收起了笑容，聲音變得嚴肅：「**不過，這東西不是你能夠拿的。**」

語音剛落，我頓時感受到一股強大的拉力把鱗片從我指縫中扯走。我急忙用手握實鱗片，身後的彈彈波也跑到我面前，怒道：「不管你是什麼……有多大力量，但這鱗片是龍龜仙人借我的，你不能奪走！」

彈彈波真的會說人話！原來我沒有聽錯！但比起爆發出巨大力量的綠色怪物，會說話的流浪狗也不算怪誕了。

　　我剛剛怎麼會以為這個青皮人是好人？我集中精神對抗着這股拉力，因為我知道這鱗片一定十分重要，甚至乎……或者能夠幫助我找回媽媽！

　　我脫口而出：「不要搶走我媽媽！」

　　「什麼媽媽？」

　　「赤鬼捉走了他的媽媽！」

　　拉扯的力量瞬間消失。「哈哈！我是赤鬼的朋友。我的名字是青鬼。」聽到他是捉走我媽媽的妖怪同伴，我氣得一下子便揮着拳頭想打他。

　　青鬼看到我的神情，連忙坐到地上，攤開雙手，平靜地說：「我不是想傷害你，我可以幫你，希望你能相信我。」

　　我對他點了點頭，但還是不禁瞪了他一眼。

　　青鬼嘆了一口氣，繼續說道：「你有想過什麼

是『相信』嗎？如果你之後對其他人類解釋你現在經歷的事情，但他們沒看過這些事，就只能選擇相信你或是否定你。你眼睛看到的，就是真實，不存在信或不信。就像氧氣……」

我一時之間不明白他的意思。

身後突然傳來聲音，我轉過頭去看，原來怪紳士再次出現。

青鬼彈指一揮，「啪！」的一聲後，怪紳士就憑空不見了，「我還在說話，你別來阻礙我！」

我心中滿是疑問，正想問彈彈波這是什麼一回事，但從彈彈波愕然的樣子來看，相信牠也不知道。

青鬼的身體散發出綠色火焰，然後變成了一道綠色鳥居，一眼看進去，卻望不到盡頭。

青鬼的聲音在我腦海內出現，「不知道前方的道

路通往何處，還決定踏上征途，才是真正的勇氣。信我就進來吧！」

　　這個青鬼的話實在是太荒誕了！但我現在經歷的這一切何嘗不奇異？我有點猶豫，彈彈波則站在我前方，阻止我走進去。

　　我應該謹慎一點，相信彈彈波，留在這裏。　23

　　還是我應該相信青鬼，向前走入鳥居？　47

36

我衝到石像前。

「媽！媽！是我！是我！」

「寶貝！是你嗎？你在哪裏？我被一個叫赤鬼的妖怪捉來了，我也不知道我在那裏。不過，我也沒什麼事，你不要擔心。這道光是什麼？這是你弄的嗎？」

「媽！我在後山的狐狸廟，求狐狸神救你！」

媽媽也沒有理會自己能不能獲救，「這麼晚了，你怎麼還在後山裏？你有沒有事？媽媽連累你受苦了！」

聽着媽媽溫柔的話，我的眼淚也不自覺地流了出來，「才不是呢！一點也不苦！」

狐狸神打斷了我和媽媽的對話，「對話中止。活人小朋友，你既然要救你的媽媽，那你有沒有想

過要獻出心臟？我拿到你的心臟後，一定會把你的媽媽救出來！我有能力讓你們通話，把她從赤鬼之家移動到這裏也只是舉手之勞。」

這時雪子和怪紳士也從樹後走了出來。

「你居然能獲得怪紳士的幫助？」狐狸神的語氣帶點遲疑，似乎對怪紳士有點顧慮。

狐狸神繼續問我：「所以，活人小朋友，你剛才也聽到我需要一顆人類的心臟了。你願意把心臟奉獻給狐狸神嗎？」

我斬釘截鐵地拒絕：「您既然是神靈，就應該幫助受難的人！您在我需要幫助的時候，更應該無條件地幫助我們！我不會把心臟給您！」45

我的眼淚奪眶而出：「只要您能把媽媽救回來，我什麼都會給您！即使……即使是我的心臟！」52

我把光球含在嘴裏的時候，龍龜仙人的聲音就在我的腦內浮現：「既然你的心意這麼堅決，我就幫你一次忙吧！」

龍龜仙人再交給我們一支用精靈粉塵製作而成的光明之杖，他説這支光明之杖能夠引領我們到達赤鬼之家。

我們一直在叢林中前行，直至看到一間紅色的屋子。門外高掛着一個大紅燈籠，上面寫着黑色的「**赤**」字。

龍龜仙人的聲音再次響起：「你的媽媽就在屋子裏。這赤鬼之家是赤鬼用法術變出來，是牠身體的一部分。要小心，你們只要一踏進去，即使赤鬼遠在千里以外，馬上能夠感應得到！」

我和雪子互看了一下，不知怎樣做才好。

「當大門打開，你只有十秒的時間救你媽媽。你要盡快在屋子裏找到她，然後馬上吐出口中的小光珠，再念三次我教你的咒語。我只能幫你到這裏，剩下的你要自己努力了！」

我打起精神，想清楚所有動作後，便馬上打開大門。我看到一臉驚喜的媽媽後，便馬上吐出光珠，念出咒語。

一道用光造成的門憑空出現，我急忙拉上媽媽，就和雪子一起奔跑過去。

媽媽、雪子和我坐在沙發上，面面相覷，不敢相信剛剛發生的事。要不是我們三人緊緊地手牽着手，同時出現在家裏的客廳，我一定會相信那只是一個很真實的夢。

然後，日子似乎又如常了。媽媽的身體還是不好，只能一直臥牀。有一天晚上，媽媽發起高燒，我跑到隔壁找王叔叔，一起把媽媽送進了醫院。

　　我現在每天到醫院探望媽媽後，就走上後山的烏龜池許願，我希望龍龜仙人能夠聽到我的願望，再幫我一次。

- 完 -

　這一趟冒險結束了。你喜歡你寫下的這個結局嗎？

　　你可以選擇讓我帶你穿越時空，當回到學校，所有事情都會迎來扭轉的機會。我會祝你出入平安！

　　如果你已經完成所有路線，寫滿你的日記本，那就跟我一起，看看我的故事吧。汪！

133

　　我踏出紅色鳥居時，發現自己來到了一間紅色的大宅前。門前有個木牌，寫着「**這是心地善良的赤鬼之家**」。青鬼和彈彈波正站在屋前，彈彈波看到我後馬上撲了過來。

　　「寶貝！是你嗎？媽媽在這裏！」媽媽從大宅裏跑出來把我緊緊抱住。我也抱着媽媽嚎啕大哭。

　　「我還擔心以後無法再照顧你⋯⋯但赤鬼借用了黑巫婆的能力，把我的病治好⋯⋯」聽到這裏，我也為媽媽高興，喜極而泣的淚水不斷湧出眼眶。

　　「但那些藥，只在神靈世界有效，媽媽再也不能回到人類世界了！」淚水頓時變得苦澀，我不知道自己應該哭還是笑。

　　青鬼這時按了按我的肩膀，「別傷心，這只是一個暫別。還有相見之日的。」50

　　有了精靈粉塵的光明之杖引路，我們很快來到了赤鬼之家。雪子困惑地問，「怎麼赤鬼之家的模樣和剛才不同了？」

　　我心中也不禁暗想：難道光明之杖也會迷路？

　　雪子續說：「看！那燈籠上的字不同了！之前是一個黑色的「**赤**」，現在卻是一個紅色的「**囍**」！還有，那房子是不是變大了？」剛才那小木屋，現在竟然變成了一間大宅！

　　雖然我也覺得奇怪，但我們還是選擇相信龍龜仙人和精靈。我收起光明之杖，然後藉着大宅透出的紅光，小心翼翼地向前走去。

　　大宅的圍牆不算高，雪子借我的肩膀就翻了過去。看到門前的木牌寫着「**這是心地善良的赤鬼之家**」，我們確信沒走錯屋子後，便潛入大宅去。

雪子和我躲在庭園中的假山，看到本來簡樸的赤鬼之家多了不少人類樣子的傭人，他們手上拿着大盤大盤的紅色酥餅、絢麗的花燈等等，忙碌地佈置着。

望着這個情景，我心底忽然泛起一陣悵然若失的情緒。

悠揚的嗩吶聲從大宅中央的大紅屋傳來，我猜想結婚典禮應該快要開始，媽媽應該就在大紅屋內，我可以怎樣救她呢？

正當我在思索着的時候，「你們好！」一把中年女子的聲音從身後響起。「赤鬼大人特意叫我來，邀請你們出席婚宴。」

我吸了口氣，站直身子，然後像機械人般生硬地一步一步跟着雪子和中年女子往大紅屋去。

「今天是我們的新婚，我一定要送你禮物！」還在大紅屋外的我們，遠遠就聽到赤鬼粗壯豪邁的聲音。

「謝謝你，但不用了。」當我聽到媽媽的聲音時，就按捺不住我的心情，衝了進去。

看到身穿鮮紅色婚紗的媽媽，我的眼睛突然模糊了，眼淚不斷湧出眼眶。

「哈哈！」赤鬼見到我的表情後竟然大笑起來。「這就是我送你的禮物！你的孩子也將會是我的孩子啊！」

⸺⸺⸺◦━●━◦⸺⸺⸺

在他們行禮前，媽媽把我拉進了小房間，溫柔地告訴我：「赤鬼真的治好我了，我也很高興。如果我離開這裏，我也不知道我的病會不會怎樣……不過，

媽媽尊重你的決定。如果你不贊成我和赤鬼結婚的話，媽媽馬上和你回家！寶貝，你同意我和赤鬼結婚嗎？」

　　我抹淚搖頭，「我要和你一起回家。」 26

　　我含淚點頭，默許媽媽和赤鬼結婚。 50

看着黑壓壓的海岸線，我開始有些睏意，眼皮像鉛球一樣沉重。怪紳士沒有出現，或許，是我想錯了，他根本不是前來望海山崖？

當我準備放棄的時候……咦！這是什麼？

平靜的海上出現了一個灰濛濛的漩渦，我揉了揉眼睛，聚精會神地看。有東西慢慢從海面上露出來了，先是一頂紳士帽、怪紳士的頭部、各拿着一個黑布袋的雙手、長及足踝的長袍。然後，怪紳士凌空急升到懸崖邊。

怪紳士竟然能夠脫離地心引力！怎麼可能？

怪紳士背對着我，好奇的我不禁向前走了幾步，因此踏到地上的落葉，發出了微細的聲響。

怪紳士聽見了！他停了下來，回頭看向我躲藏的樹。我偷偷轉過身，低下頭來，閉氣，握緊着雙

手，希望不會被發現。但是，他的影子被月光映照在地上，離我愈來愈近了。

影子停了下來，我知道怪紳士就在樹後。

「你……是誰？為什麼會在這裏？」身後傳來沙啞的聲音和僵硬的詞句。但我沒有足夠的勇氣轉過身去，只以沉默作為回應。

「**這是神靈的世界，你不能出現。**」聲音落下，地上的影子在一眨眼間消失，我的身後爆出一股巨大的閃光。 6

　　我跪在池邊，將黑木碗盛滿池水，然後一口氣把碗中的水喝下。

　　龍龜仙人面帶嘉許地對我點了點頭，「明年今天，你們再來這裏吧。」

　　雪子帶着我回到社區後，便各自回家。我坐在沙發上，看着空無一人的家，想不明白自己為什麼會做出這個決定，難道我不想救媽媽嗎？

　　後來，雪子說服了她的父母，把我領養為義子，讓我可以繼續在這個社區成長。我每天放學都會走上後山，希望可以再次見到龍龜仙人，可以找到母親的身影。

━━━━━●━◗◖━●━━━━━

　　一年後的同一天晚上，我和雪子依照約定，來到後山的烏龜池。

乾涸荒廢的烏龜池瞬間變大，注滿清澈透明的水，魚群和螢光的花朵彷彿在池水漂浮着，美麗令人驚歎。

而在水池旁等待着我們的，除了笑盈盈的龍龜仙人外，還有身體健康的媽媽。

- 完 -

這一趟冒險結束了。你喜歡你寫下的這個結局嗎？

你可以選擇讓我帶你穿越時空，當回到學校，所有事情都會迎來扭轉的機會。我會祝你出入平安！ 1

如果你已經完成所有路線，寫滿你的日記本，那就跟我一起，看看我的故事吧。汪！ 54

我在叢林中努力保持直線前進，我本來還以為這是件容易的事，但不知不覺間就迷了路！

就在我感到徬徨的時候，身後的草叢傳出「**唰唰唰**」的聲音，我用手電筒回頭一照——不是怪紳士，是彈彈波！

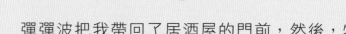

彈彈波把我帶回了居酒屋的門前，然後，牠又在我不察覺的時候消失了。

我再次看着居酒屋，彈彈波把我帶回來，是要我進去探個究竟嗎？可是，我不敢。

我要離開這裏嗎？但是，我還沒找到雪子和媽媽。

就在兩難的情況下，我探頭看到居酒屋裏面好像只剩下幾個客人了。

　　我低頭凝望着雪子的髮帶，鼓起勇氣——既然在這裏找到雪子的髮帶，我自然要進去問個究竟！ 33

43

　　我和雪子急步跑到狐狸神廟，然後念出龍龜仙人的咒語，把狐狸神從狐狸石像中召喚出來。

　　狐狸神一出現，就氣沖沖地對着我罵：「你以為借那笨烏龜的咒語，就可以讓我從赤鬼手中救走你媽媽嗎？不好意思，我拒絕幫忙！我什麼都不會做！」然後狐狸神就憑空消失了。

　　之後，我一直對着石像大吼大叫、哭着、跪着祈求，狐狸神再也沒有出現，沒有再説話。

　　直到天色發白，狐狸石像變得殘舊，佈滿青苔。雪子勸説要我和她一起回家。我婉拒了她，繼續站在狐狸石像前，許願狐狸神能夠答應我的請求。

　　我已經忘記了我在狐狸石像前站了多久，只記得最後兒童之家派人和警察一起硬把我拉走。

　　這個問題，一直困擾着我：如果我沒有到狐狸

神廟找狐狸神，而是再回到赤鬼之家，我能否再見
媽媽一面？

- 完 -

這一趟冒險結束了。你喜歡你寫下的這個結局嗎？

你可以選擇讓我帶你穿越時空，當回到學校，所有事
情都會迎來扭轉的機會。我會祝你出入平安！

如果你已經完成所有路線，寫滿你的日記本，那就跟
我一起，看看我的故事吧。汪！

44

雪子指着牢室角落的一堆稻草，説那裏有一個只有小孩子才穿得過的小洞。

地洞很乾淨，我們鑽了過去，爬了一小段路，就到了屋外。我回頭一看，原來那不是屋子，而是一座被枯葉掩蓋的小山丘。

我們不敢停留，手拉手在黑暗的叢林中倉皇地走，只知道要離開這個奇怪的地方，愈遠愈好。

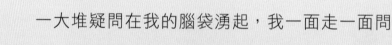

一大堆疑問在我的腦袋湧起，我一面走一面問雪子：「**為什麼你會成為那黑巫婆的手下？**」

雪子微微漲紅了臉，然後緩緩叙述着她的經歷：「我在家中看到你一個人背着書包在街上走，便偷偷跟了過來，可是我迷路了。我走到一間居酒屋，屋裏走出來一些戴着紳士帽、身穿黑色禮服的怪人！我有點害怕，於是就一直逃跑……

「跑着跑着，我聞到香味，就進了黑巫婆的屋子。屋裏的熱香餅雖然聞起來很香，但我眼睛看到的是一堆枯葉和蟲子……黑巫婆說我能夠看穿她的掩眼法，是難得一見的雪女，便要我留在那裏當她的侍女，不然就要把我烤成餅乾，一口吃掉！」

我一直沒有插嘴，直至聽到雪子說差點被黑巫婆吃掉，便吃驚得叫了出來。

雪子的聲音也微微顫抖，「我找到了地洞，本來我想找機會逃跑的，後來看到你進了屋子來！幸好黑巫婆的敵人來找她……幸好我找到地洞……」

此時我們來到了一條分岔路。雪子提議向發光的方向走，我也同意她的想法。**24**

不過，我仔細想想，記起黑巫婆是以明亮溫暖的屋子當陷阱，那會不會也有其他妖怪用光明當誘餌？我們應該向沒有光的方向走。**27**

45

「我是神靈，但為什麼就一定要幫助你呢？善良並不是必然的。

「神靈也有神靈的煩惱啊。你能夠解決我的煩惱，我自然也會幫助你。

「你看看我的神廟，都沒有好好被打理，怎麼現在有事才記起我？

「人類有哪些強項？就只會破壞環境。得到好處的時候不會感恩，受苦受難時卻來求我？

「世界哪有這樣好的事情！」

狐狸神愈說愈氣憤，「哼！黑狗的心臟我也不要了！你要不就給我一顆活人的心臟，要不就等着你的媽媽成為赤鬼的下一任妻子吧！」

話音剛落，狐狸石像就沉默了，不管我憤怒地大叫大喊，還是苦苦地向她哀求，石像都不發一言，

就像死了一樣。

老黑拍了拍我的肩膀，「沒用的！狐狸神心胸的窄，早已傳遍整個後山。」

我這才想起自己口袋中的幽明玉！我把它拿了出來。

「這⋯⋯這是幽明玉嗎？你真的從黑巫婆那裏偷到了幽明玉？你怎麼做到的？」老黑抬頭看了看一旁的怪紳士，然後在狐狸石像前把幽明玉高舉起來。

狐狸石像復活過來，「好！你給我幽明玉，我幫你救你的媽媽！」

這時怪紳士走上前，向我點了點頭。我知道，他會確保狐狸神遵守她的諾言。然後，他舉起了手，一道閃光發出，我眼前一黑。

我和雪子從後山回到家時，太陽早已升起，天已經亮了起來。我累不堪言，倒在沙發上就睡着了。

　　「乖寶貝！是時候上學了！」媽媽溫柔的聲音從屋外傳來，把我叫醒。

　　吃早餐的時候，我一面吃着熱香餅，一面和媽媽笑着說：「媽！我昨晚作了個惡夢，夢到你患上惡疾，然後我去了後山……」

- 完 -

妖怪禁區
出入注意！

 這一趟冒險結束了。你喜歡你寫下的這個結局嗎？

　　你可以選擇讓我帶你穿越時空，當回到學校，所有事情都會迎來扭轉的機會。我會祝你出入平安！ **1**

　　如果你已經完成所有路線，寫滿你的日記本，那就跟我一起，看看我的故事吧。汪！ **54**

46

　　我看準了那個黑影離去的方向，矮下身跑到居酒屋的牆角，然後往黑影的方向走入密林。我走着走着，就看到了一個熟悉的身影！

　　這裏離居酒屋還不算太遠，我壓低聲線：「雪子！雪子！是你嗎？」

　　黑影沒有回應，它停下來轉過了身，可是漆黑中我看不清黑影的樣貌，也不知道它是不是雪子。

　　它側了側頭，好像示意要我跟它走。可是，當我再往前走時，它又轉身跑了！

　　我馬上跟了上去，可是這次黑影走得很快，完全不是我能夠跟得上的速度。

　　不過，每當我感覺快要跟丟時，黑影就會停下腳步，一動不動地等我；當我快步追上去後，它又要跑走，和我保持着距離。

　　路愈來愈窄，樹愈來愈茂密，我只能停停走走地跟着黑影前行。

　　枝條上的刺愈來愈多，我感到全身都十分刺痛。雙臂都被劃出血痕的我這才發現，四周的樹枝掛滿黃紅色的大蜘蛛。

　　這時天空開始下起雨來，而且瞬間就變成狂風雷暴！大雨影響了視線，抬頭望去，我還模模糊糊地看到黑影在前方等着我。可是，前路荊棘密佈，不是人類能走的路。當我決定轉身的時候，一陣聲音傳到我耳邊，「**別回去！**」

　　我回過頭，看到黑影仍然站在原地。是它在警告我嗎？還是那只是我的幻覺？我再次詢問：「雪子？是你嗎？」

　　但四周寂靜無聲，沒有人回答我。

　　我可以試試用樹枝把蜘蛛網掃開，然後繼續跟着黑影向前行。 20

　　但我想了想，那個黑影也不知道是好是壞。彈彈波和老黑可能已經回到居酒屋，正在四處找我。我還是回去吧。 34

47

穿過綠色鳥居的時候，異樣的感受湧上了我的心頭。

————————⚬————————

陽光映入眼簾，我本能地舉起手擋在雙眼前。剛剛在滑梯頂睡着了，看着下沉中的太陽，我只想着要快點回家了，不然媽媽會擔心的。

我從滑梯頂滑下來，看到一個叔叔坐在秋千上。他的臉雖然笑着，但他看起來很傷心，流着眼淚。

我用稚嫩的聲音問他：「叔叔，你為什麼哭？」

叔叔說：「我今天要做爸爸了！這是開心的眼淚，但⋯⋯我也知道自己不能陪他成長。」

我聽不明白叔叔的話，便問他：「為什麼？」

「這是個秘密，你不能和其他人說啊。我還留在這裏的日子，已經開始倒數了。

「這個問題對你來説，也許太過沉重。總之，我能做爸爸的日子不多了。」

這句我聽懂了，我就用媽媽經常説的話告訴叔叔：「那就做好你能做的日子啊！」

「對！多謝你！小朋友！我現在趕去醫院！」

跟叔叔説再見後，我就走回家了。

我看到媽媽倚在門邊，她溫柔地問我：「公園好玩嗎？有沒有溜滑梯？爸爸在哪裏呢？」明明我是一個人回家的啊。我有點惘然。

「當然有！還不捨得走呢！」一個男人出現在我身後，他是爸爸嗎？我對他蒼老的樣子已經不太有印象了。

我左手牽着媽媽，右手牽着爸爸，我們一同進門……原來，我曾經有過這樣的回憶嗎？

「寶貝，醒來了！你怎麼睡在沙發上？」媽媽的聲音把我吵醒，睡眼惺忪的我抹了抹眼睛。

　　「我想早點知道爸爸發生什麼事了！」

　　「爸爸……他去了很遠的地方，也許……不會回來了。媽媽現在很累，你明天還要上學，先去睡吧。」

　　我躺在沙發上看着媽媽的背影，心裏想着，原來她那個時候只是故作鎮定。

　　「汪！」家門外傳來彈彈波的吠聲，我於是站起來離開屋子。

　　屋子外，只見彈彈波變回狗身，坐在青鬼的前方，向着我搖尾巴，「恩人！太好了！原來青鬼是來幫我們的。」

　　青鬼走上前，右手在身前劃了個半圓，向我鞠躬。「這是你信任我的謝禮。這裏是我的肚子，你剛才看到的，都是你兒時最重要卻又忘記了的記憶。」

　　「為什麼？」

　　「因為我想提醒你，不要忘記這些組成你的部分。當你長得愈大，忘記的就愈多。那天如果你迷路了，這些記憶會帶你回家。」

　　彈彈波和青鬼消失了，我面前出現了一紅一綠兩個鳥居。青鬼的聲音再次在我腦海內出現：

　　「如果你想先救媽媽，就穿過紅色鳥居。」 38

　　「我和赤鬼從出現在神靈世界，就已經一同生活。如果你想聽聽我們的故事，你可以走入綠色的鳥居。」 53

48

　　我和雪子被轉得頭暈眼花，但仍然抓緊彼此。閉着眼睛的雪子問我：「怎——麼——辦？」雖然我內心也不知所措，但也只好裝作堅強，「放心！沒事的！」

　　「**撲通！**」我們一起掉進水中。衝擊力分開了我和雪子，而且雪子似乎昏倒了，一直往下沉。在水底中的我，看着前方的雪子漸漸下沉，我拚命划手，又伸出手，卻一直觸碰不到她。我於是大叫「**雪子！**」卻忘了自己身在水中，嗆到和喝了幾口水。

　　就在我掙扎着的時候，一個黑色的東西向着雪子游過去，然後把她升上水面。同時，另一個黑色的東西也從我下方升起，把我托到水面上。

　　我和雪子都有劫後餘生的感覺，相對而笑着。

兩隻龍頭龜身的生物對我們點點頭後，就跳回水中。雪子的臉上充滿了疑惑的神情，道：「在水中救我們的，是兩隻烏龜……還是龍嗎？這裏……是烏龜池嗎？」

我左右觀察着，看到了水池中的烏龜石像，便對她點了點頭，「你看！那個像龜又像龍的石像，不就是我們回家的路上，經常看到的嗎？我們有時候還會騎到它身上！」

雪子既興奮又疑惑地回說：「對！這真的是一樣！但後山的烏龜池不是在幾年前已經乾涸了嗎？烏龜池也好像沒有這麼大啊。」

「兩個可愛的小朋友，你們沒事嗎？」身後傳來一把洪亮的聲音。我和雪子驚魂未定，都被嚇了一跳。

「別怕，別怕，我是龍龜仙人，不會傷害你們的。」一個手上拿着枴杖、長着白色鬍子的老公公，和藹地對着我們微笑。

「今晚闖進神靈世界的兩個小朋友，你們好。樹間的精靈早已在我耳邊吵個不停，我老早就在這裏等待你們了。」

「**真的有精靈嗎？**」雪子悄悄地問我。

自稱是龍龜仙人的老公公哈哈大笑，「當然有！樹的精靈、風的精靈、火的精靈、水的精靈，萬事萬物都有精靈。就像這個你們叫作『烏龜池』的荒廢水池，其實我們都叫它『瑤池』，這裏是精靈的誕生之地。」

我們都目瞪口呆，也不知道該說什麼。不過龍龜仙人也不管我們，繼續說着：「就像太陽中有黑子，

黑暗中也有光明。你們見過黑巫婆了吧，她是由後山裏幽暗的東西聚合而成。而我這裏，是光明匯合的地方。」龍龜仙人再用枴杖指了指我，「剛才你喝了幾口池水，肚子裏的蟲蠱都死光光了！」

「看！」雪子指着池中突然出現的小光點，小光點愈變愈大，愈長愈高，變成了一朵螢光的蓮花，花朵盛開時，一朵綠色小花從花蕊冒出，然後飄到樹林中就消失了。

龍龜仙人興奮地説：「那是樹的精靈，她會幫忙令這後山裏樹木長得更漂亮。那邊的是——」

「龍龜仙人！我媽媽被赤鬼捉走了！您有什麼辦法可以救回她嗎？」龍龜仙人和精靈都看似很善良，但我沒興趣知道神靈世界的事物，我只想從赤鬼手上救走媽媽。

龍龜仙人用手捻了捻細長的白鬍子，嘆了口氣，「你的事我早已了然如胸。我可以給你指兩條路，你自己決定你的結局吧。你可能會失去一切，也有可能擁有一個美好的結局。」

　　龍龜仙人説，我可以選擇回到赤鬼之家，又或者到狐狸神廟找狐狸神幫忙。

　　臨別前，長老給了我們一個銀光閃閃的小飛球，「這是由精靈吸收月光後留下來的粉塵做成的光明之杖，它永遠會指向你想要到達的地方。有了它，你們就再也不會迷路。小朋友，要努力啊，龍龜仙人祝福你！」

　　聲音剛落，龍龜仙人就消失了。雪子用圓圓的眼睛看着我，我決定——

　　去赤鬼之家！ 39

　　去狐狸神廟！ 43

妖怪禁區
出入注意！

　　我忘了從什麼時候開始，我的雙手取代了雪子的小手，不斷把腐臭的葉子和蠕動的蟲子放進口中。

　　我嚼着嚼着，竟然開始覺得野草和百足蟲嘗起來十分鮮甜，比熱香餅還好吃！

　　我愈吃愈快，根本停不下來。終於，我吃撐了，覺得眼皮愈來愈沉重，然後就倒下了。

　　我回復清醒的時候，就發現我被放在一個大木盆中，旁邊有很多我沒看過的小生物。我想拿起這些小生物仔細看看，牠們卻一直從我的手掌中滑走，因為我的皮膚變得滑溜溜的，還一直分泌出黏黏的液體。

　　然後，有人抱起我，把我帶離木盆。我嘗試動了動嘴，卻發現我不能再說話了，我嘗試控制我的雙腿，卻發現我不能前後移動，只可以上下彈跳。

　　我想了起來，我昨晚做了個變成人類的夢，其實我只是一隻青呱？

　　後來的事，我也説不呱了。

━━━━━━━━◆●◆━━━━━━━━

　　「我的藥引子好了嗎？」

　　「赤鬼大人，藥引子快要好了，一定可以治好您的未婚妻。」

- 完 -

　這一趟冒險結束了。你喜歡你寫下的這個結局嗎？

　　你可以選擇讓我帶你穿越時空，當回到學校，所有事情都會迎來扭轉的機會。我會祝你出入平安！ 1

　　如果你已經完成所有路線，寫滿你的日記本，那就跟我一起，看看我的故事吧。汪！ 54

「噹噹噹噹——噹噹噹噹——」心急的我早已背好書包，終於等到放學的鈴聲響起，我一下子便向着校門跑去。

離開校門時，我看到雪子在身後追着我。我停下腳步，問她：「**一起嗎？**」

雪子點了點頭，我們就筆直往後山奔去。

媽媽和赤鬼結婚已經一年了，我也成為了赤鬼的義孩子。

赤鬼教會了我如何和後山的精靈溝通，以及進入神靈世界裂縫的方法。

赤鬼也向龍龜仙人借了塊靛藍色的鱗片，「每年精靈吸收月光的日子，人類世界和神靈世界就會交疊。怪紳士負責阻止神靈世界和人類世界接觸，

妖怪禁區
出入注意！

如果怪紳士發現了你，他就會直接把你驅逐回人類世界。鱗片可以幫忙隱藏人類的氣息，你可以將它帶在身上，之後你和雪子一起來的時候，就可以避開怪紳士的追捕了。」

自此，每到精靈吸收月光的時間，我和雪子都會帶着鱗片，到後山的神靈世界探望媽媽。

「媽媽，我今次數學測驗考了 80 分！」

- 完 -

 這一趟冒險結束了。你喜歡你寫下的這個結局嗎？

你可以選擇讓我帶你穿越時空，當回到學校，所有事情都會迎來扭轉的機會。我會祝你出入平安！**1**

如果你已經完成所有路線，寫滿你的日記本，那就跟我一起，看看我的故事吧。汪！**54**

　　歌聲漸漸遠去後，怪紳士才挺身向前，從一道粉紅色的小門入屋，我自然也緊隨其後。

　　屋裏氣派奢華，空間比外面看上去要大得多。大廳中央則放着一張大餐桌，上面有着豐富的食物，甚至有我最愛吃的熱香餅！我早已垂涎欲滴了，伸手就想拿些糖果放入嘴巴，不過我的手還未接觸到桌子，就被怪紳士拍掉。

　　怪紳士直接帶我走到盡頭的房間。這個房間比大廳老舊，陳年的木桌上放着一個玻璃瓶，裏面有一支破爛的長木棒飄浮着。

　　木棒頂端有一顆會發光的石頭，這一定就是老黑所説的幽明玉！

　　怪紳士帽下的雙眼緊緊盯着我。我伸手取出木棒，用力一扭，輕鬆地就讓石頭和木棒分開了。

　　四周的景物瞬間改變！眼前的木桌變成一塊大石，食物的香氣也變成非常刺鼻的臭味，飄進我鼻子裏。大廳漸漸融化成枯葉和腐泥，我這才想到這小屋的一切都是黑巫婆的掩眼法。

　　「啊——」密林深處傳來一個女生的尖叫，就像殺豬的慘叫聲。不用怪紳士指示，我也知道要我們盡快離開。

　　我和怪紳士快速向外走，到了轉角處時，我不小心把一個人撞倒在地。「好痛！」穿着樹皮短裙的人忍不住叫了出來。這把熟悉的聲音是——

　　「雪子！」

　　「你怎麼在這裏？」雪子躺在地上看着我，又望望我身旁的怪紳士。然後二話不說就站起來，拉着我的手離開。 14

173

52

我的胸口突然感到一陣劇痛！我還沒來得及反應，一顆心臟就已經出現在我眼前。

我看到，狐狸石像張開了口，把心臟吞下去後，就變成一個美麗的少女。

「我答應了會救你的媽媽，不過我可沒有說是什麼時候啊！」

我看到，彈彈波和老黑滿臉擔憂，衝了過來，伏在我身旁。幽明玉從我身上跌出來，老黑看到後馬上大叫：「**他有幽明玉！沒有幽明玉，你也難以保持這個形態！快救他！**」

我的眼皮愈來愈重，在昏倒之前，我好像還聽到雪子的尖叫聲……

當我在香又軟的牀褥醒過來的時候，從落地窗

外透出來的溫暖陽光照到我身上，十分寫意。

「少爺，早餐的時間到啦！」我把門打開，一個女傭恭敬地向我問好。

「主人說你再不起牀，就不和你去騎馬啦。」

我走下樓梯到飯廳時，坐在餐桌上的媽媽正穿着漂亮的服飾，對着我露出和藹的笑容。

我覺得現實很陌生，但媽媽說我是富商的孩子，從小就住在山頂大宅，也沒有一個叫雪子的朋友。

- 完 -

 這一趟冒險結束了。你喜歡你寫下的這個結局嗎？

你可以選擇讓我帶你穿越時空，當回到學校，所有事情都會迎來扭轉的機會。我會祝你出入平安！

如果你已經完成所有路線，寫滿你的日記本，那就跟我一起，看看我的故事吧。汪！

53

我正在清理幾天前在村莊倒下的大樹。

「赤鬼！赤鬼！你在做什麼呢？」青鬼站在一旁，叉着雙手。

我繼續拾着樹枝不理牠，但牠還是滔滔不絕地自說自話。「赤鬼！即使你自發為村民做事，他們也不會感激你啊！」自我有記憶以來，全身青綠色的青鬼就已經和我一起了，為什麼牠這麼多年還能一直這樣喋喋不休？

我還是對牠說了話，「我想和人類做朋友啊！」

青鬼怪笑地倚在一棵千年大樹上。「你問問自己，你幫人類清理倒樹多少年了？這有用嗎？——你看看自己，頭上長着兩隻角，身高和這棵老樹一樣高，你全身紅色皮膚，我全身青色皮膚的。難道你要用掩眼法，讓村民和你做朋友嗎？不能接受真

正的你，又怎會是朋友？」我也知道青鬼說的是事實，只好低下頭，跑到街道另一旁。

青鬼還是笑眯眯地跟到我身邊。「為什麼你想要和人類做朋友？」

我帶着青鬼來到山頂，我指着田裏正在辛勞耕種的農夫。「你看，他們多麼快樂！他們之間有着一種我也說不清的連結——」

青鬼點了點頭，然後黯然地看着遠方，「但是人類太脆弱了，也活不長⋯⋯你真的希望和他們做朋友？你知道的，神靈世界和人類世界的時間流速並不相同，一年就只有那幾天重疊。」

「我知道！但⋯⋯友誼不是計較時間的！」我瞪着眼睛，讓青鬼看到我的決心。

「不計代價嗎？」我點了點頭，卻沒有留意到

青鬼流露出的悲傷神情。我日後也為我當時沒有注意到而後悔。

「好！那麼你這三十天都留在這裏，三十天後再來村莊找我吧。」我感到錯愕。

青鬼再次露出陽光般的笑容，「既然你想和人類做朋友，就相信我，聽我的話吧。我會支持你。」我相信青鬼，就對牠點了點頭。

「唉！很悶啊！」但約定是必須遵守的！我只好在山林裏逛逛，還找了塊樹木，學着人類的文字，在上面寫着「善良的赤鬼之家，歡迎內進喝杯茶。」

———●———

三十天後，太陽剛升起我就往村莊裏跑。但村莊欣欣向榮的氣息不見了，恐懼的味道取而代之。我躲在村外，聽到兩個拿着鋤頭的農夫在互相訴苦。

　　比較年輕的農夫邊走邊嘆氣：「自從那青鬼大人來到村子，逼着我們進貢……我一家都吃不飽了！」

　　年長的人回過頭說：「你不要再嘆氣了，弄得我心情也差了。」

　　我心中暗忖，青鬼怎麼成為了青鬼大人？牠在做什麼？我於是施法把自己變成一頭黃牛，在農村裏走着。我看到每個村民都是愁眉苦臉的，失去朝氣。

　　村莊中間建了一座青綠色的大屋，屋頂掛着一支畫着青鬼的旗子。我步向大屋，頭戴鮮花皇冠的青鬼走出來，把我帶到大廳裏。

　　牠笑眯眯地看着我，「我的準備工作做得還可以吧。只要——」

　　我被牠的行為弄得很氣憤，「哼！」隨即我打算變回赤鬼和牠打架時，卻被牠阻止。

「你先聽我說。我們是神靈，如果要成為人類的朋友，就只有向他們證明你是能夠拯救世界的英雄。我現在成為了村民心中的青鬼大魔王，只要你把我趕走，村民自然就會喜歡你。可能……還會給你娶個妻子呢！」

我滿心歡喜，於是便依着青鬼的話，先離開村莊，然後用傳聲鳥將流言傳至整個村莊：「青鬼大人的剋星：赤鬼大人要來了！」

當約定的日子來到，我大步大步走進村莊，果然受到村民的熱烈歡迎，一群人浩浩蕩蕩地跟在我身後，這是我第一次沒有被他們討厭！

我走到青鬼的大屋，然後在村民面前和青鬼大打出手（是演技！），最後成功擊倒牠（也是演技！）

　　村民都很高興，小孩們也不再害怕我惡相的外表，還要求坐到我的肩膀上！村長走到我面前跪下來感謝，甚至要把女兒嫁給我做妻子！

　　我帶着快樂的心情回到山中，想邀請青鬼出席婚宴，卻怎樣也找不到牠。然後，我在門前的木塊上找到一封信：

給我最好的朋友：

　　當你看到這封信的時候，我已經走得遠遠了！既然村民覺得我是大魔王，經常和我一起出現的你也會讓他們覺得我們是一伙的。

　　我會離開後山，探索外面的世界。你有好奇過，我們的法力是從哪裏來的嗎？希望我在這次旅程可以找到答案。

　　作為你的好朋友，能夠幫助你完成夢想是我的榮幸，希望你已經擁有了一群人類好朋友（甚至一

個人類妻子！）我知道你比較粗心大意，對人類也有一顆善良的心，不過你要記住以下數點！

1. 人類就是善忘！記着每天都要到村莊走走！

2. 如果人類忘記你，你可以用掩眼法變成我，在村裏做一點壞事！最後你再和幻影對打，就可以了！（我相信人類不會看穿的！）

從你出生就是你的好朋友

青鬼 上

我獲得了人類對我的善意，卻失去了最好的朋友青鬼。

後來我的妻子百年歸老，女兒也病故（是黑巫婆的錯！）。我感到心灰意冷，便少了到村莊遊走，一直留在山上的家中。直至有一天，我收到了青鬼的信。

青鬼說很快會回來探望我，更希望我能介紹我

的妻子給牠認識。可是，我的妻子卻不在了。我於
是化身為麻雀，下山去找我的妻子。

　　山下的樣子已經完全不同，我在住宅區飛着的
時候，看到一個和我死去妻子長得一模一樣的女子
倚在屋子門邊。我很想念我的妻子，於是變回赤鬼
的外表，瞪大眼睛偷偷欣賞這個女子。

　　看着媽媽倚在門邊的模樣，青鬼的聲音也傳來
我的耳邊：「因為我回來探望赤鬼，牠才會起了娶
妻子的念頭。但你的媽媽也可以説是因禍得福，她
的病被治好了。」

　　四周化成一團綠色的霧，眼前只餘下一道紅色
的鳥居。

　　「來這裏吧。」38

54

冬季暖和的太陽照着我，我在紙皮箱裏醒過來，垃圾的臭味卻撲鼻而來。「主人！」這是哪裏？我怎麼會在這裏？

三天後，我才隱約想到我已經被主人遺下，但我仍然躲在紙皮箱裏，不切實際地等待着不會再回來的主人。

「哎啊！那隻流浪狗怎麼還在這裏？」野豬群來到垃圾站找食物，嘲笑着坐在紙皮箱裏的我。我裝作聽不見，轉過身體，用尾巴對着牠們。

小野豬可能是被激怒，一下子向我衝來。我還是第一次遇到野豬群的突襲，不知所措地躲着避開，但還是挨撞了好幾下。

「汪！」一隻臉上有着大疤痕的黑狗從垃圾堆中走到我和野豬群中間，昂首向着站在最後、身形

龐大的野豬王說：「夠了！管好你的小孩，垃圾站是中立地區，別打破這規矩。」看着黑狗威風的背影，遍體鱗傷的我不禁湧起一股安心的感覺。

黑狗遞了幾塊骨頭給我，「吸吧。我在這裏生活了很久，因為我的臉皺皺的，附近的動物都叫我老黑。你叫什麼名字？」

「主人還沒替我起名字……」

「你的主人不要你了，你知道嗎？」雖然我知道了，但被老黑當面說穿，就相當難受。「不！我不聽！」弱小的我只想拒絕這個殘酷的事實，就向着人類的社區跑去。

老黑在我身後吠叫着，「最近人類區不安全啊！」直到我被兇惡的人類擒在籠子裏的時候，才後悔沒聽老黑的話。

當我和籠子快被運上一輛四輪車的時候，身後傳來人類的叫喝聲和金屬的碰撞聲——老黑跑來救我了！牠突如其來地登場，嚇得那些人類不知所措，好不威風！

　　我藉機掙扎離開籠子，就和老黑一起急急跑走。

　　「你真的很厲害！那三個壞人類都被你嚇跑了！」

　　老黑喘着氣說：「這裏還是不安全，再走一段路——」

　　「這裏是我們的地盤！」野豬王從樹叢中鑽了出來，小野豬把我們重重包圍。原來，我們跑到了後山的野豬家！

　　我想起之前被野豬群襲擊，頓時嚇得動彈不得，老黑卻舔了舔臉上的疤痕，鎮定地說：「野豬王！你

怎麼還是這麼孩子氣？我跟你爸爸也有交情——」

野豬王一臉不屑地說，「哼！現在是我主事！打！」

滿山大大小小的野豬，全都向我們衝過來！

我跟着老黑左閃右避。跑了一會，老黑回過頭來看我，「前面的竹林就不是野豬的地盤！快！」這時，左前方有一隻胖胖的野豬向老黑直衝過來，「砰——」一狗一豬撞個正着，老黑被撞飛至幾米外，但牠旋即若無其事地站起來繼續往前跑。

我們終於總算把野豬群拋離，我才鬆了口氣。「老黑！我們成功了！」但老黑趴在地上，一直吐出鮮血。原來老黑剛才只是咬緊牙關，勉強堅持。被野豬撞擊的地方都腫起來，散發着臭味。

我不知所措地哭起來，「你還好嗎？」

老黑吐着舌頭，「別哭了！不關你……骨……有骨頭嗎？我想吃一根。」

「有！我去垃圾站找找！你要等我！」我急急跑到垃圾站，可是當我咬着骨頭回來的時候，只看到地上一攤血漬，重傷的老黑去哪裏了？

我沿着血的氣味前進，來到一個微微發光的水池，老黑就躺在池邊。我把骨頭推到老黑的嘴邊，牠卻動也不動。

老黑死了嗎？我情不自禁地放聲嚎哭起來。

一個有着大把白色鬍子的老人突然出現在水池中央的大石頭上，他看着我，「別哭了！我是龍龜仙人，這裏是神靈世界，每年有幾天，有些生物就像你和牠，可以經過人類世界的裂縫來到這裏。我們的相遇也算是緣分，你需要我的幫忙嗎？」

　　聽着龍龜仙人慈祥的聲音，我一五一十地把我和老黑的經歷告訴他，最後問他，「龍龜仙人，您可以救老黑嗎？」

　　龍龜仙人點了點頭。「對我來說，只是小事一件。但神靈世界沒有不勞而獲。你要救牠的性命，就要拿出相應的東西。」

　　什麼是「相應的東西」？我思考了一會才明白，「要我拿出自己的生命嗎？我願意！」

　　龍龜仙人呵呵地笑了起來，「禮失求諸野。看在你們願意為對方犧牲生命的情義，我就把你的壽命和老黑分一半吧。」

　　龍龜仙人的聲音愈來愈遠，「這是我們之間的約定喔！」

「快起來！我們這些流浪動物，每年就只有這幾晚可以變成人形。我先去後山了，在那裏等你！」老黑的聲音把我吵醒，然後牠又匆匆跑走。

　　「媽！又是那隻小黃狗！」那個小孩和媽媽今天又帶着剩食來到垃圾站，我也興奮起來。「怎麼這隻小黃狗總是彈着走路？媽媽，不如我們叫牠做『彈彈波』？」

　　小孩的媽媽笑着向我走來，伸手摸了摸我的頭，「彈彈波！明天你也來吧，我給你準備點骨頭。」聽着這對母子遠去的笑聲，我也感到十分幸福。

　　「小黃！你怎麼不來，還不停搖尾巴？」老黑可能等了很久也沒見我，便折返到垃圾站。

　　我笑着看老黑，搖了搖頭，「我有名字了！我叫彈彈波！」

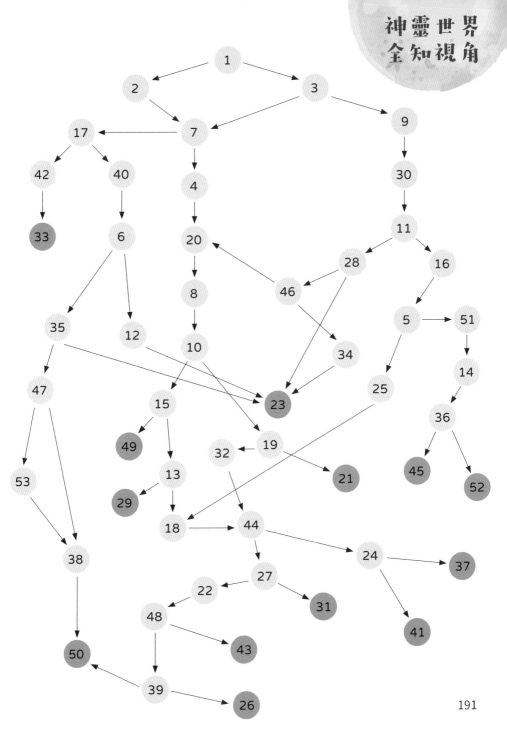

你的選擇是？

妖怪禁區出入注意！

作　　者：二木人

策　　劃：林沛暘

責任編輯：梁韻廷

繪　　圖：卡文

美術設計：張思婷

出　　版：明窗出版社有限公司

發　　行：明報出版社有限公司

　　　　　香港柴灣嘉業街 18 號

　　　　　明報工業中心 A 座 15 樓

電　　話：2595 3215

傳　　真：2898 2646

網　　址：http://books.mingpao.com/

電子郵箱：mpp@mingpao.com

版　　次：二〇二三年十二月初版

ＩＳＢＮ：978-988-8829-08-8

承　　印：美雅印刷製本有限公司